D1690459

DAVID HAMILTON
ein Sommer in Saint Tropez

DAVID HAMILTON
ein Sommer in Saint Tropez

SWAN VERLAG · KEHL AM RHEIN

»Ein Sommer in Saint Tropez« ist eine Geschichte ohne Worte, voller Sensibilität und Schönheit, voller Leben und Liebe.
Ein Film für alle, gleich welcher Sprache und welcher Einstellung.

Tagesanbruch

Eine Nacht.

Eine Nacht voller Sterne und Seufzer.

Eine Nacht am Meer, das im Mondlicht sanft schimmert.

Eine Nacht voll Faszination; denn sie verwirrt unsere Sinne: sie regt sie an und täuscht sie, betört sie und entgleitet ihnen, eine Nacht, die Träume und Wirklichkeit, Wünsche und Genuß vermischt...

Dann kündet der Tag mit dem Erblassen des Himmels sein Kommen. Das Nachtgetier schlüpft in seine dunklen Winkel zurück – schnell, schnell, bevor das unerbittliche Licht alles enthüllt. Dem Meer entsteigt eine Feuerkugel und erfaßt mit horizontalem, rotem Blick alles auf der Erde.

Das umrißlose Universum der Nacht nimmt lange Formen an. Hügel, Bäume, Häuser, Masten, Schiffe, Boote am Pier, Fahrräder von alten Matrosen, die seit Anbruch der ersten Stunden im Hafen herumstreifen. Auf der Weide schnauben Pferde, eine Frau zieht Wasser aus einem Brunnen. Aufgeregtes Picken im Hühnerhof, auf einer Mauer streckt sich eine Katze, in der Ferne wird ein Auto angelassen.

Ein neuer Tag ist geboren. Das ruhige Wasser im Waschhaus wird plötzlich von einem Leintuch aufgewühlt. Die Stille der Schule unterbricht Kindergeschrei, das Klicken von Kugeln in den Taschen, Seufzer geplagter Schüler.

Für jeden ein kleines, einzigartiges, kostbares Meisterwerk, an dem nichts fehlen darf: Bäume, Hügel, Vögel, Felsen. Denn heute abend wird die Nacht unseren Augen dieses Schauspiel wieder entziehen und morgen ist alles ein wenig anders.

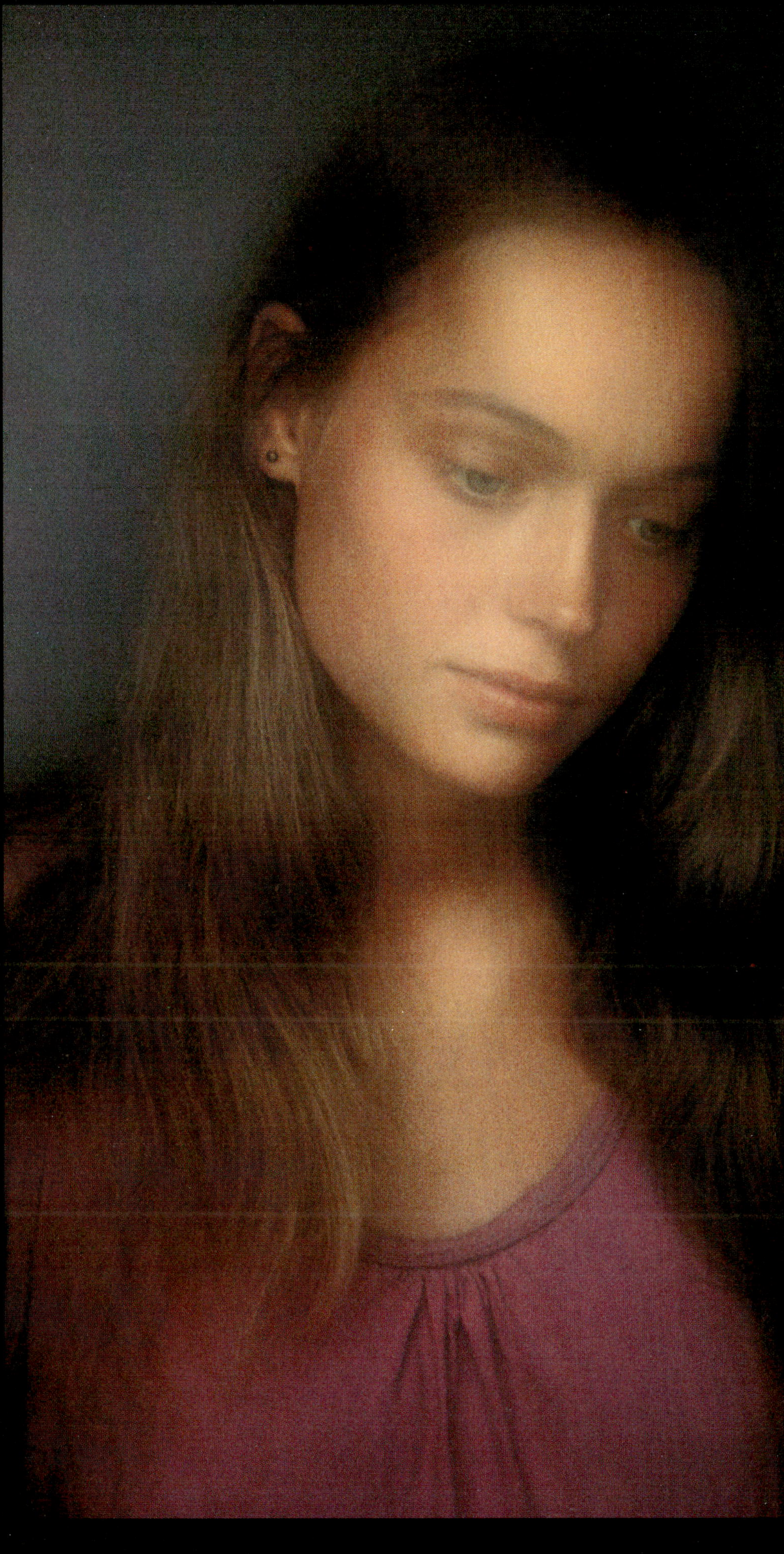

Morgenerregung

Sie war an diesem Morgen früh aufgestanden und leise davongeschlichen. Etwas an ihr ließ erkennen, welches Ziel diese morgendliche Eskapade hatte: ihre Art, wie sie beim Verlassen des Bettes die Leintücher hob, wie sie die nackten, geschlossenen Füße unter dem Bettuch hervorgleiten ließ, die Zehen gestreckt in der Erwartung, den kühlen Ziegelsteinboden zu berühren. Ihre geschmeidige Art, sich die Haare nach hinten zu kämmen, ihre Hüftbewegungen beim Gehen, wie eine Frau, die sich ihrer Weiblichkeit bewußt ist, die weiß, daß sie dem Leben und dem Körper eines Mannes Vollendung geben kann, daß sie mit ihrem Schoß ein Kind tragen kann. All das verriet das Ziel ihrer Schritte: Joanna ging zu einem Mann.

Dieser Mann hieß Sebastian. Er war schon bei der Arbeit, als sie ankam. Er holte Strohballen vom Speicher, um die Pferdeställe frisch aufzuschütten.

Er war ein Künstler, der zurückgezogen auf dem Land lebte und Pferde hielt. Faszinierend, wie er Intellektualität und Körperkraft in einer Person vereinte. Er ging mit Joanna zu einer Scheune des riesigen Bauernhofes. Mitten in dieser Scheune war ein richtiges Schneideratelier aufgebaut und darum herum standen Kleiderpuppen aus Weidenruten. Die einen waren unbekleidet und durchsichtig auf ihren Holzständern, die anderen trugen feenhafte Kleider aus leichten Stoffen. Sonnenstrahlen fielen durch Dachritzen und Luken und fingen sich auf den Kleiderstoffen.

Sebastian gestand ihr, daß er mit Begeisterung Mädchenkleider entwarf, auch wenn das im Gegensatz zu seiner sonstigen anderen Lieblingsbeschäftigung stand, der rauhen Arbeit auf dem Hof. Er liebte Schleier, Gaze, Mousselin und Tüll, Seide und Spitze, die einen Körper schmücken, ohne ihn zu verstecken. Er liebte Pastelltöne, die mehr Zärtlichkeit und Sinnlichkeit ausstrahlen, Gefühle, die allen Menschen teuer sind.

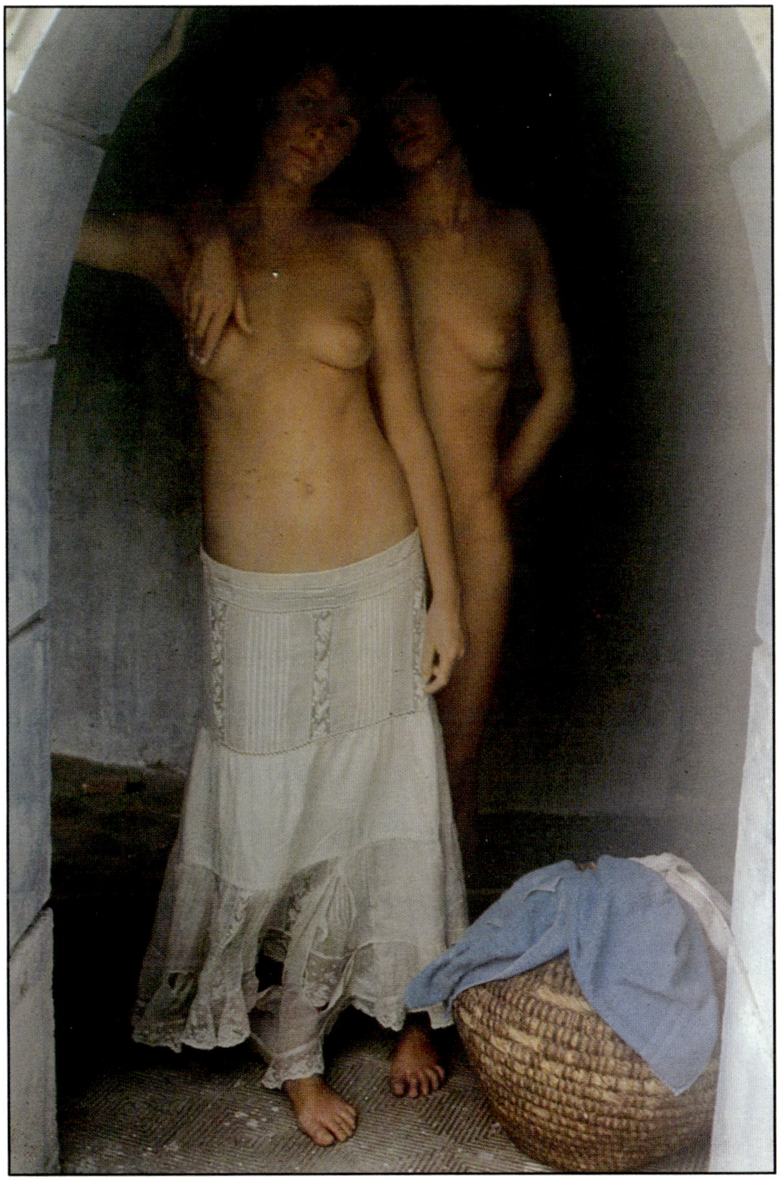

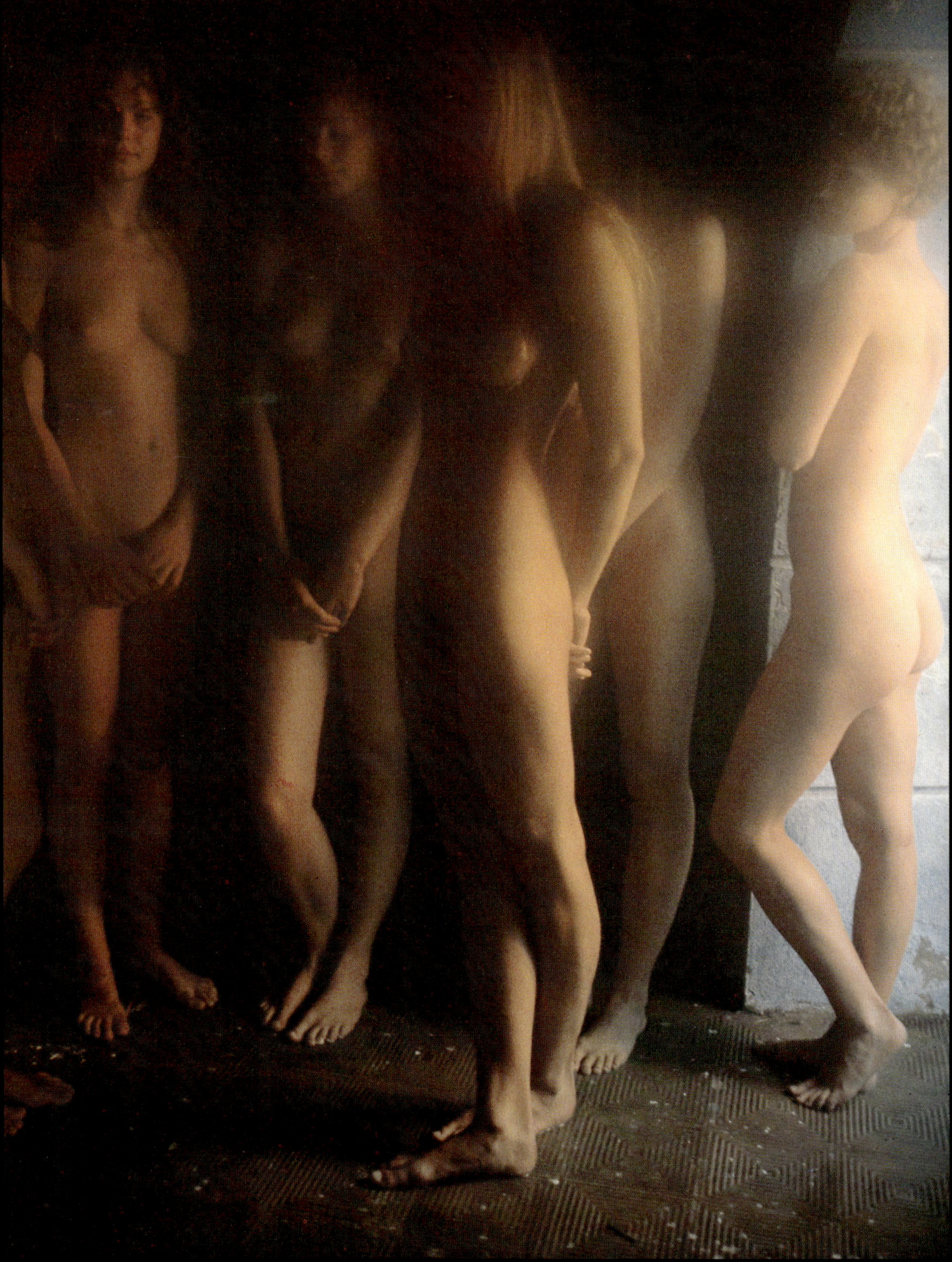

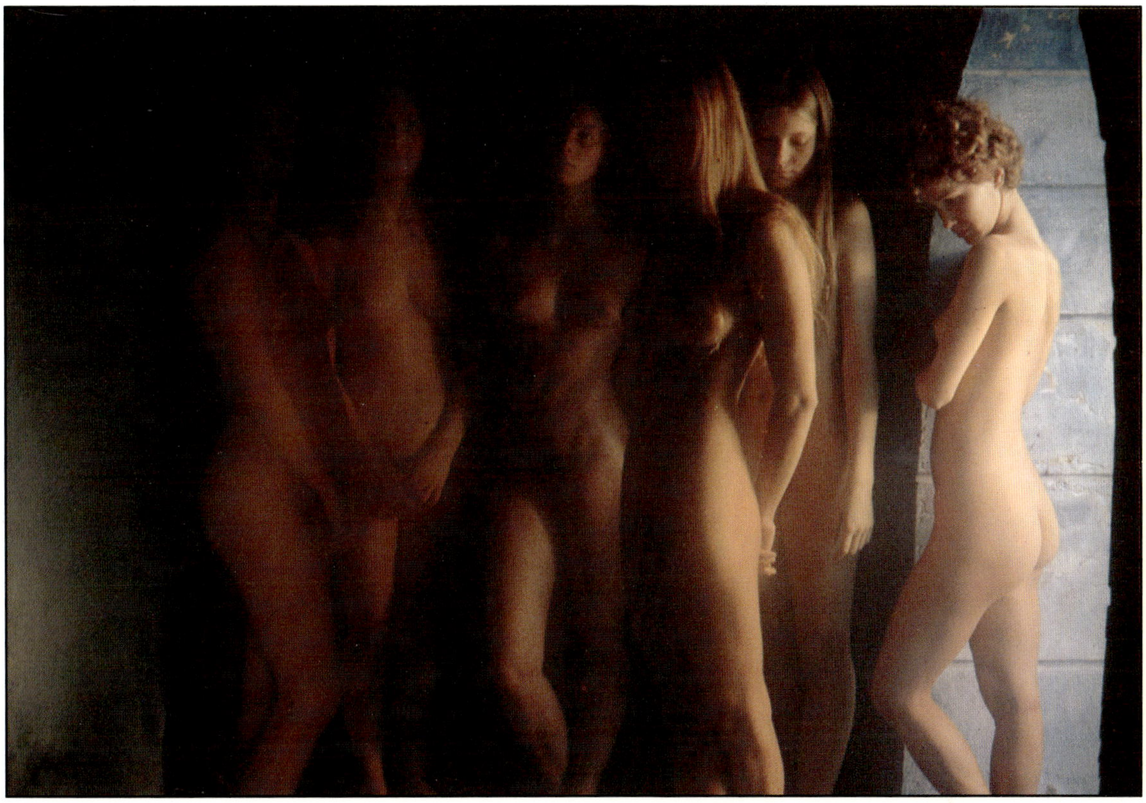

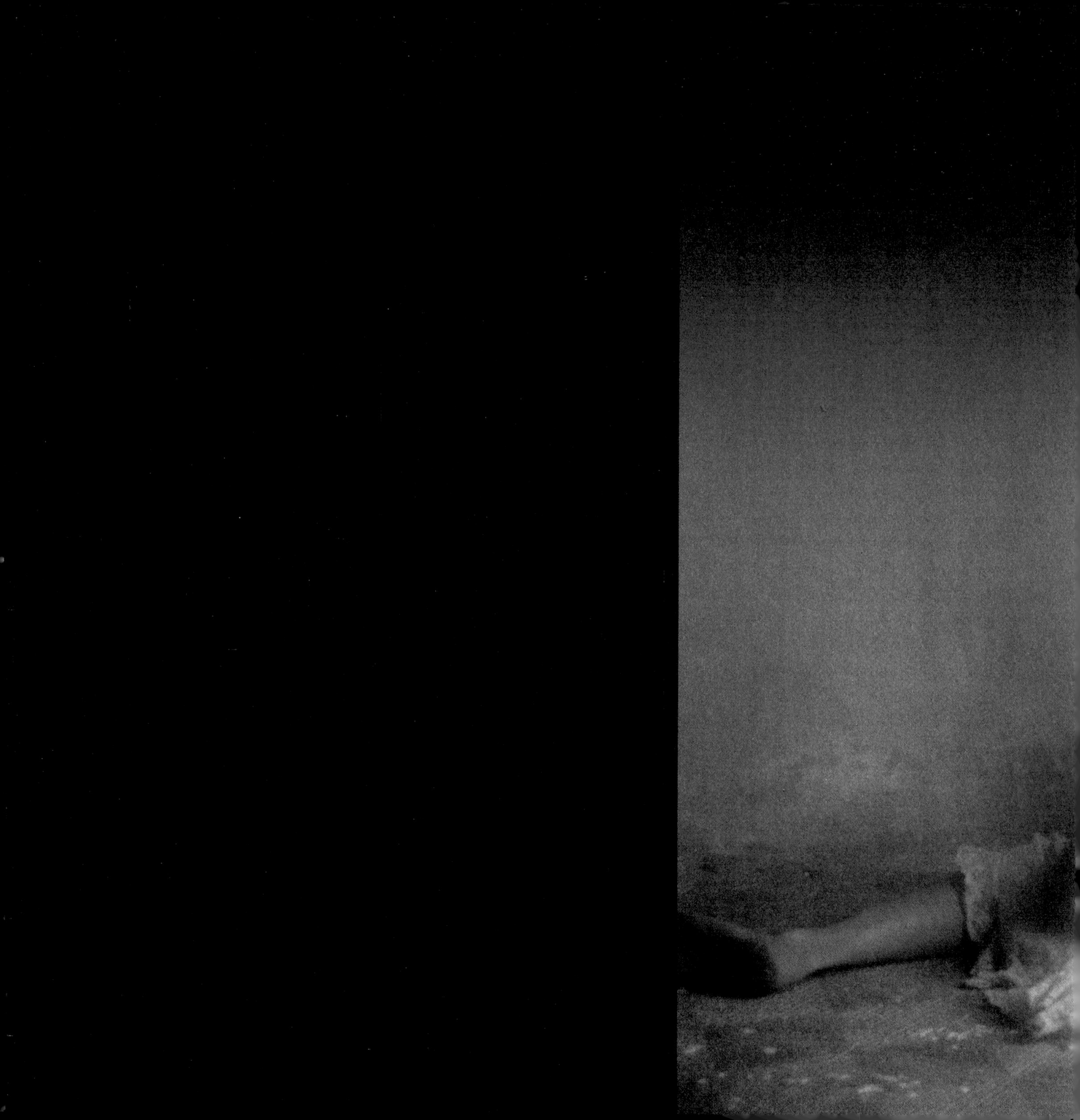

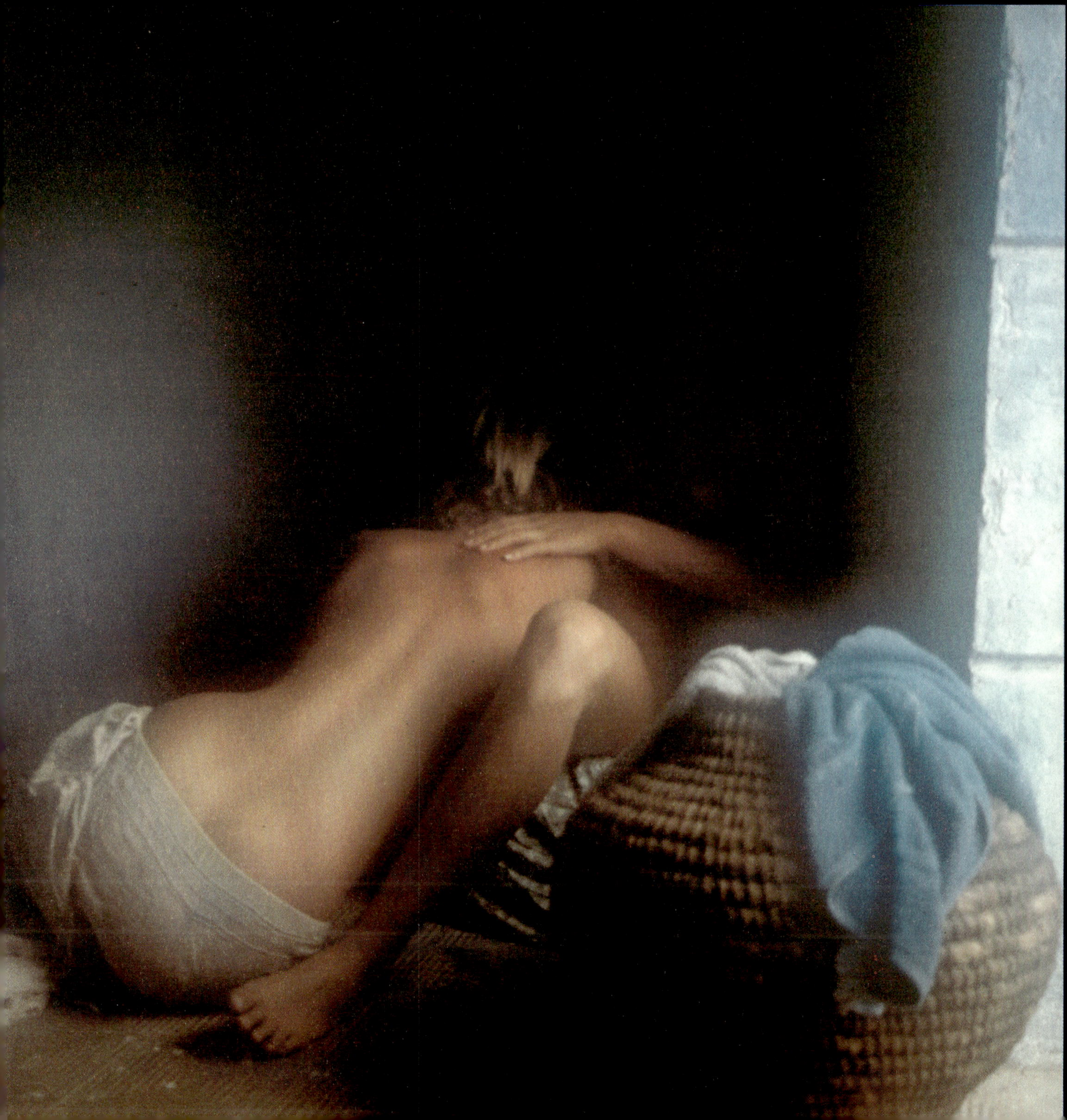

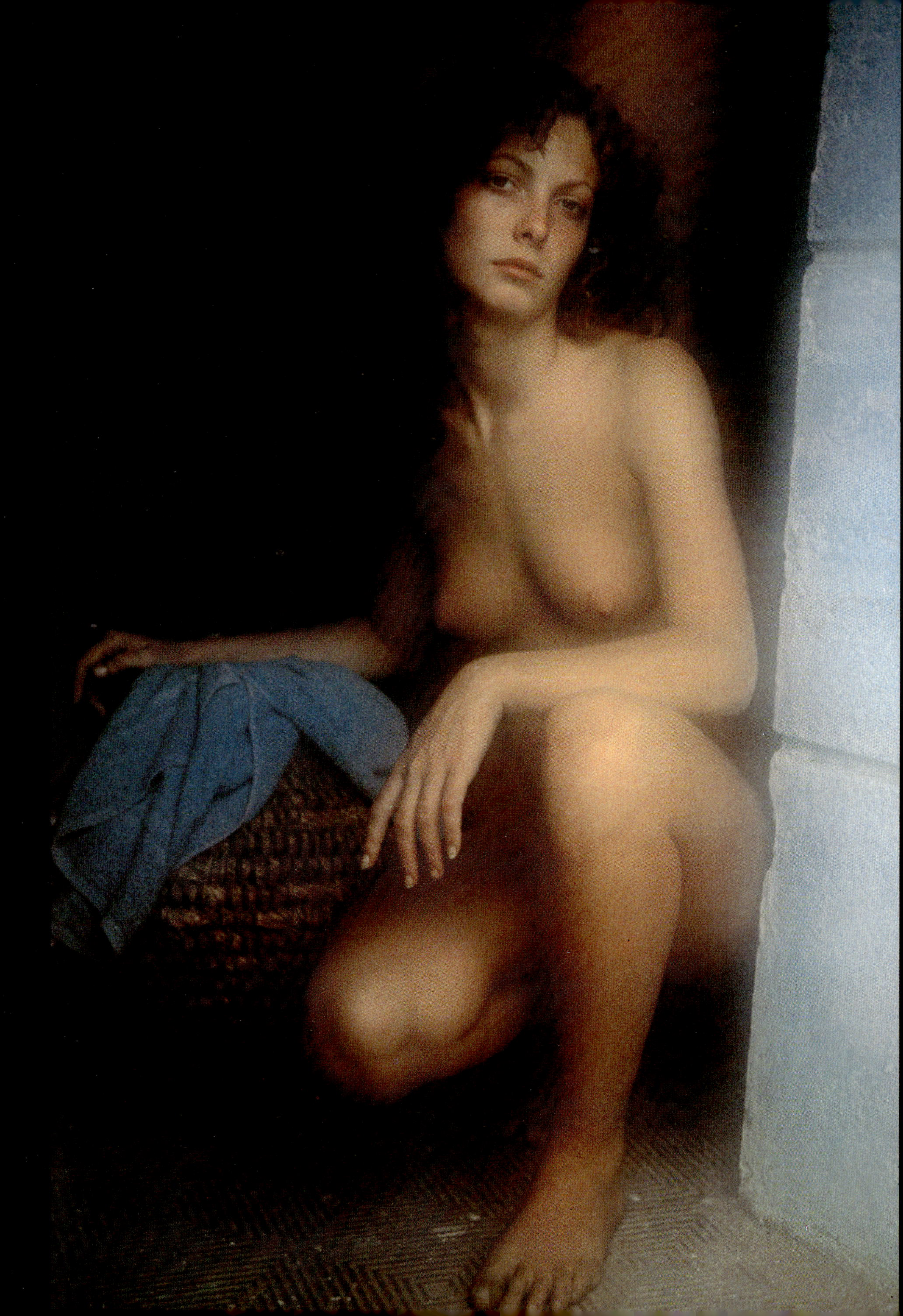

43

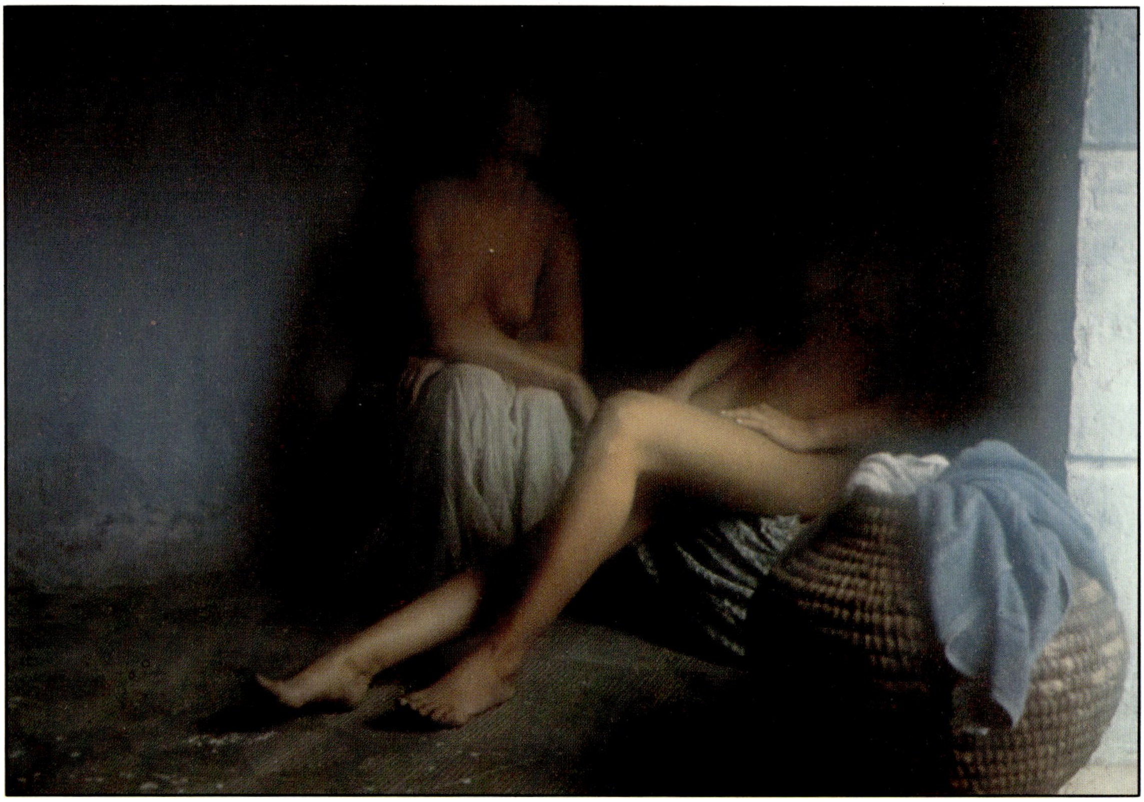

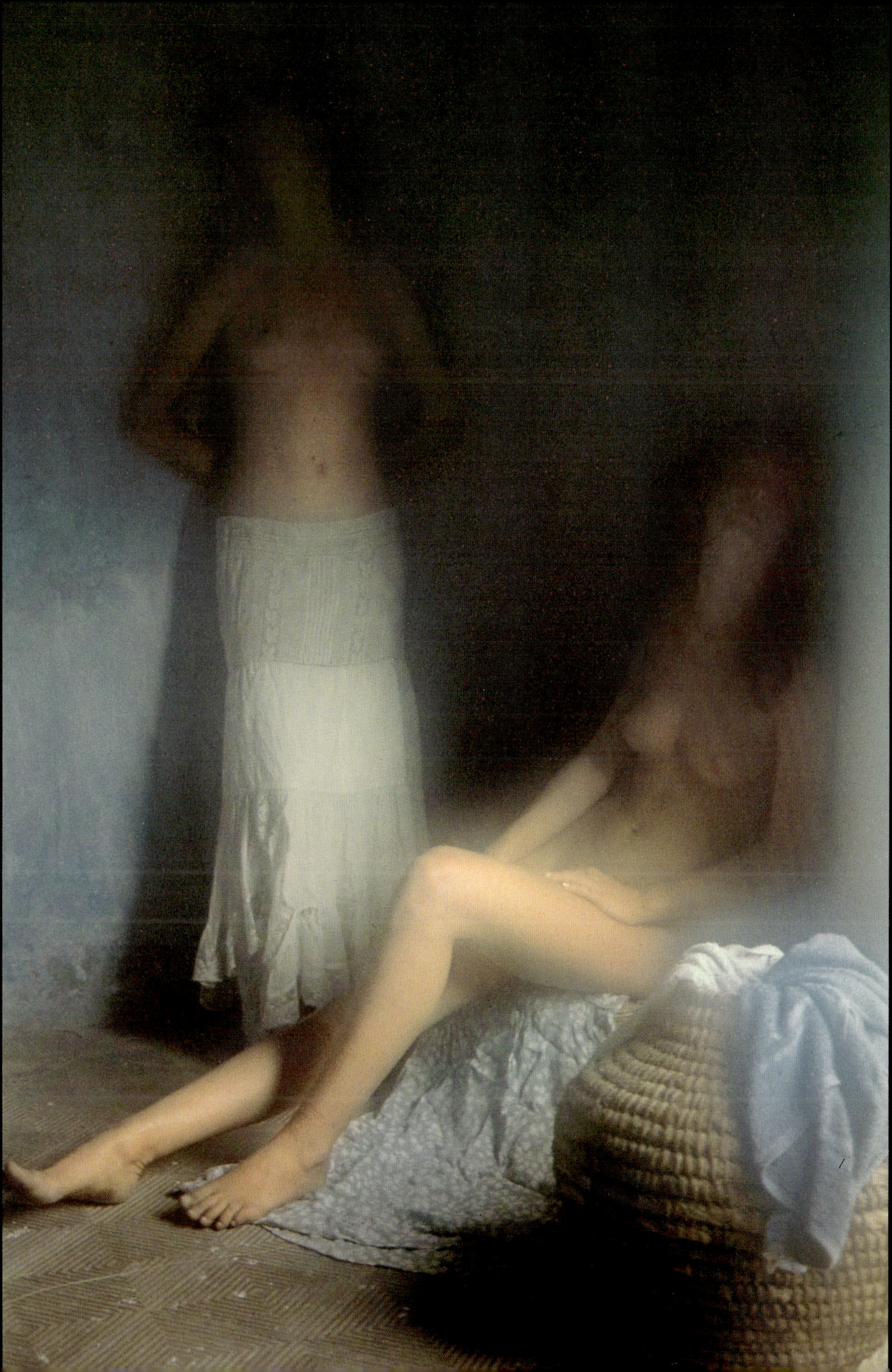

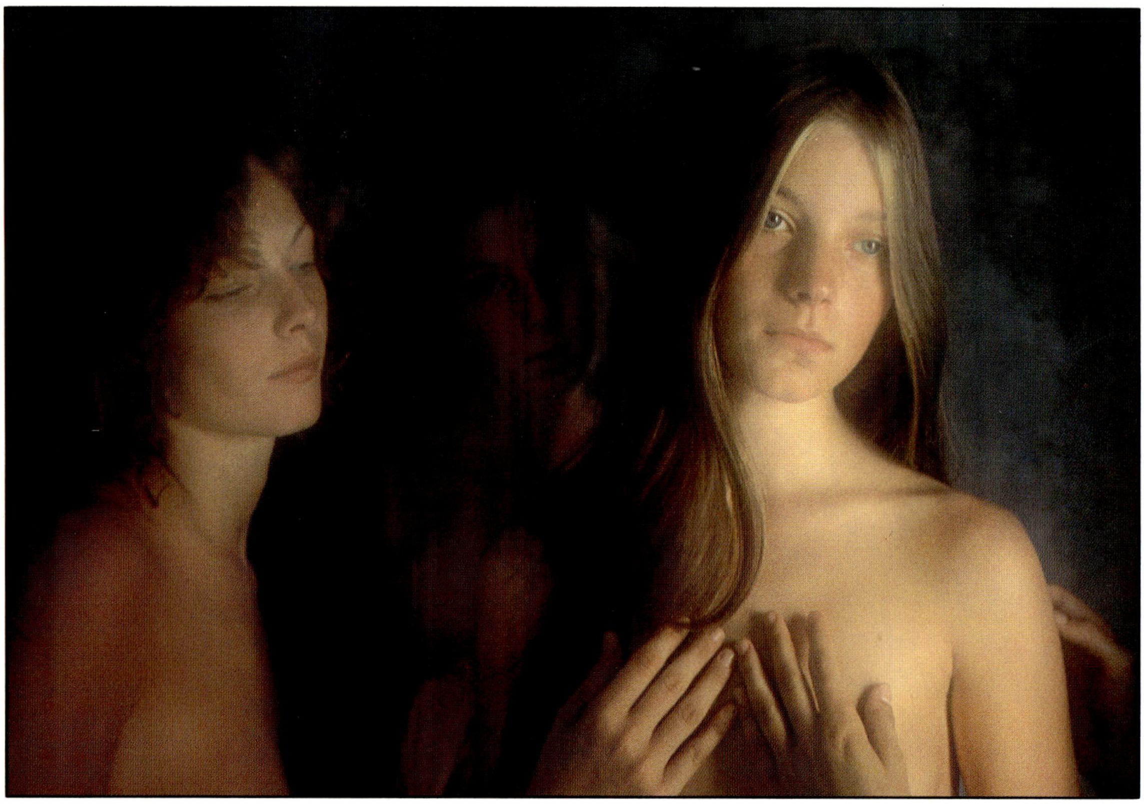

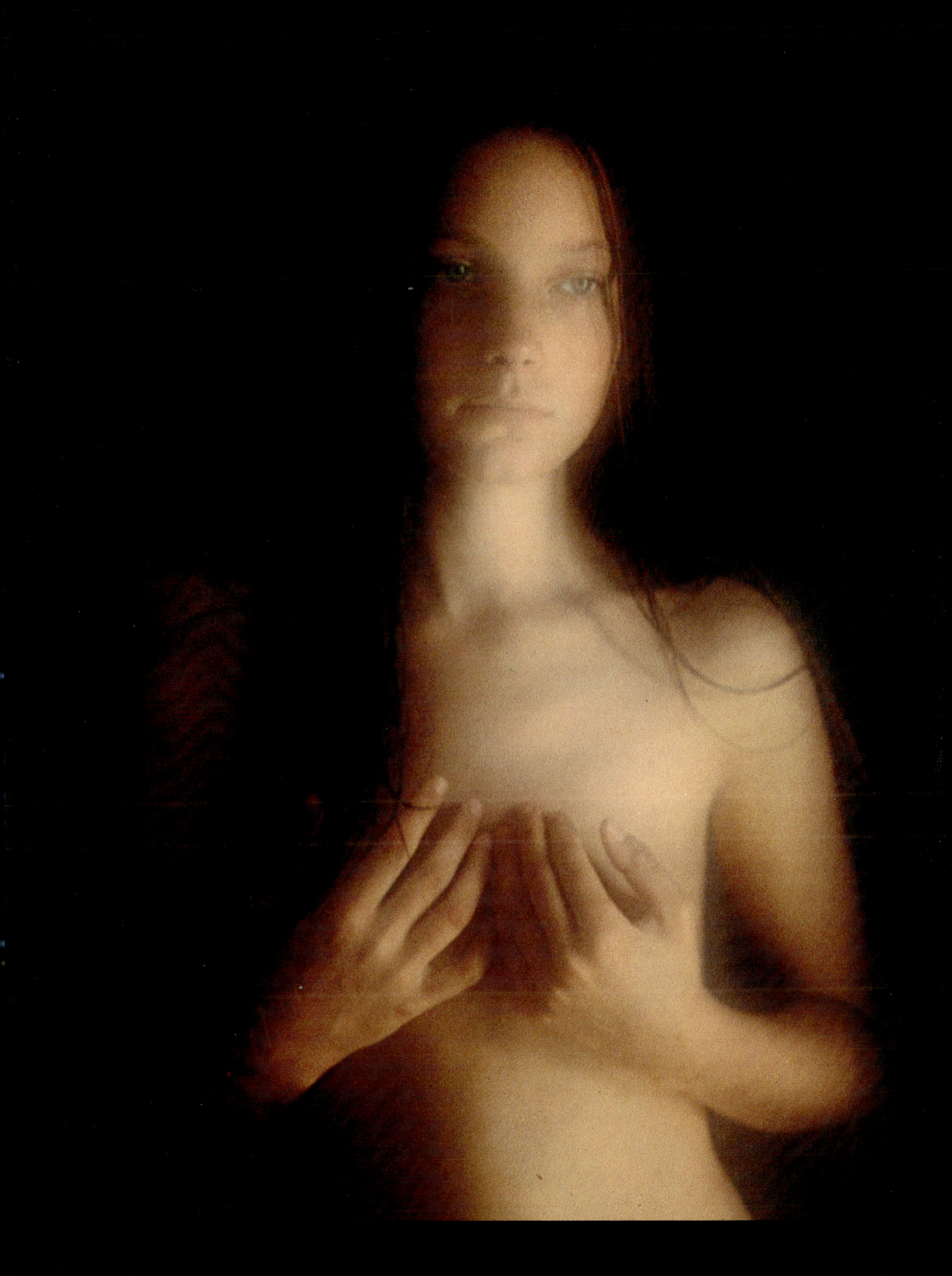

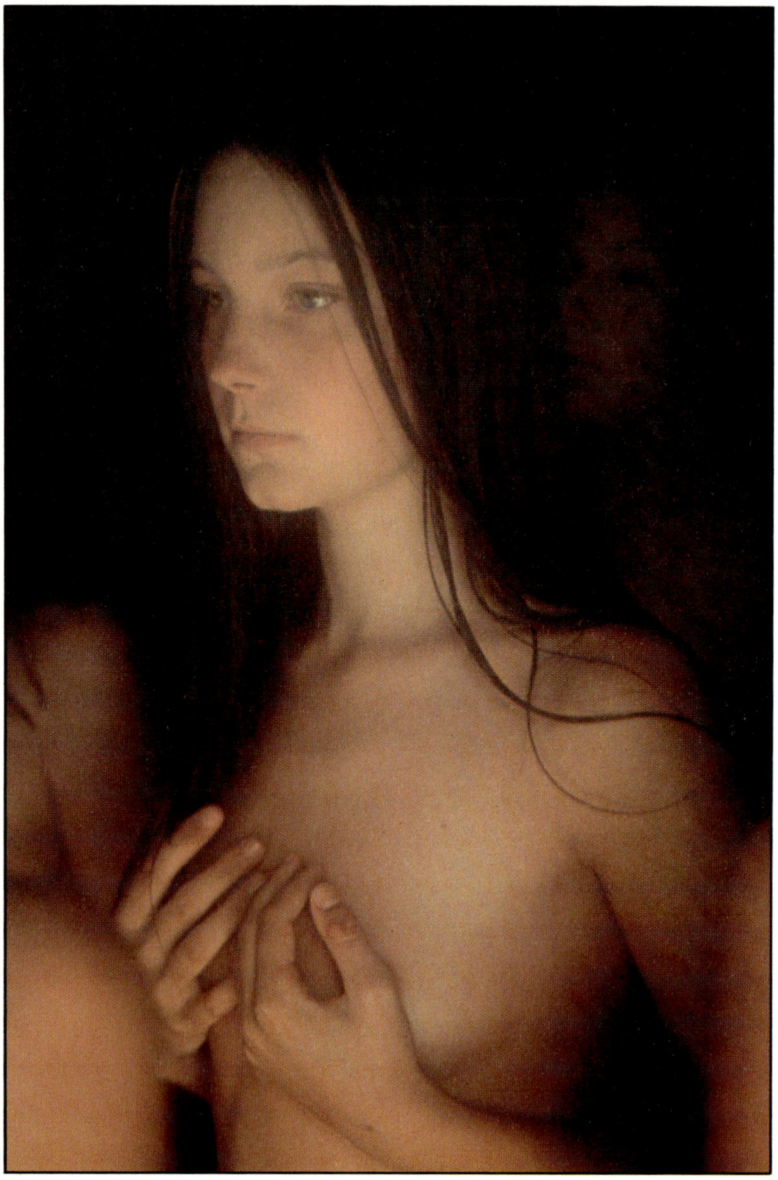

Augenblicke des Lebens

Joanna war entzückt. Sebastian wußte es, er kannte seine Ausstrahlung. Unmerklich neigte sein Oberkörper dem Mädchen zu. Sein rauhes Leben schien ihn zu bedrücken, die mühevolle Arbeit mit den Tieren, die Einsamkeit zwischen den großen, stummen Mauern des Hofes; besonders in einem Augenblick, da jeder Mann plötzlich erregt ist vom Pulsschlag des Begehrens.

Joanna entwischte ihm im letzten Moment. Sie liebte es gar nicht, wenn alles so einfach war. Sebastian war nicht verärgert, er lächelte nur und folgte ihr nach draußen.

Das Sonnenlicht blendete. Die beiden Silhouetten bewegten sich langsam unter den riesigen Platanen, die den großen Innenhof beschatteten. Dann beschloß Joanna, zu gehen. Sie hätte jetzt auch wieder ins Bett schlüpfen und ihr morgendliches Abenteuer als einen Traum betrachten können. Statt dessen weckte sie alle sechs Mädchen, eines nach dem anderen: Catherina, Anna, Veronika, Isobel, Sybille, Gaby. Bald waren sie alle wach und bereit, den herrlichen Ferientag zu genießen.

Joanna holte alle mit fast mütterlicher Autorität an den Frühstückstisch unter der Pergola, die von einer Glyzinie überwuchert war.

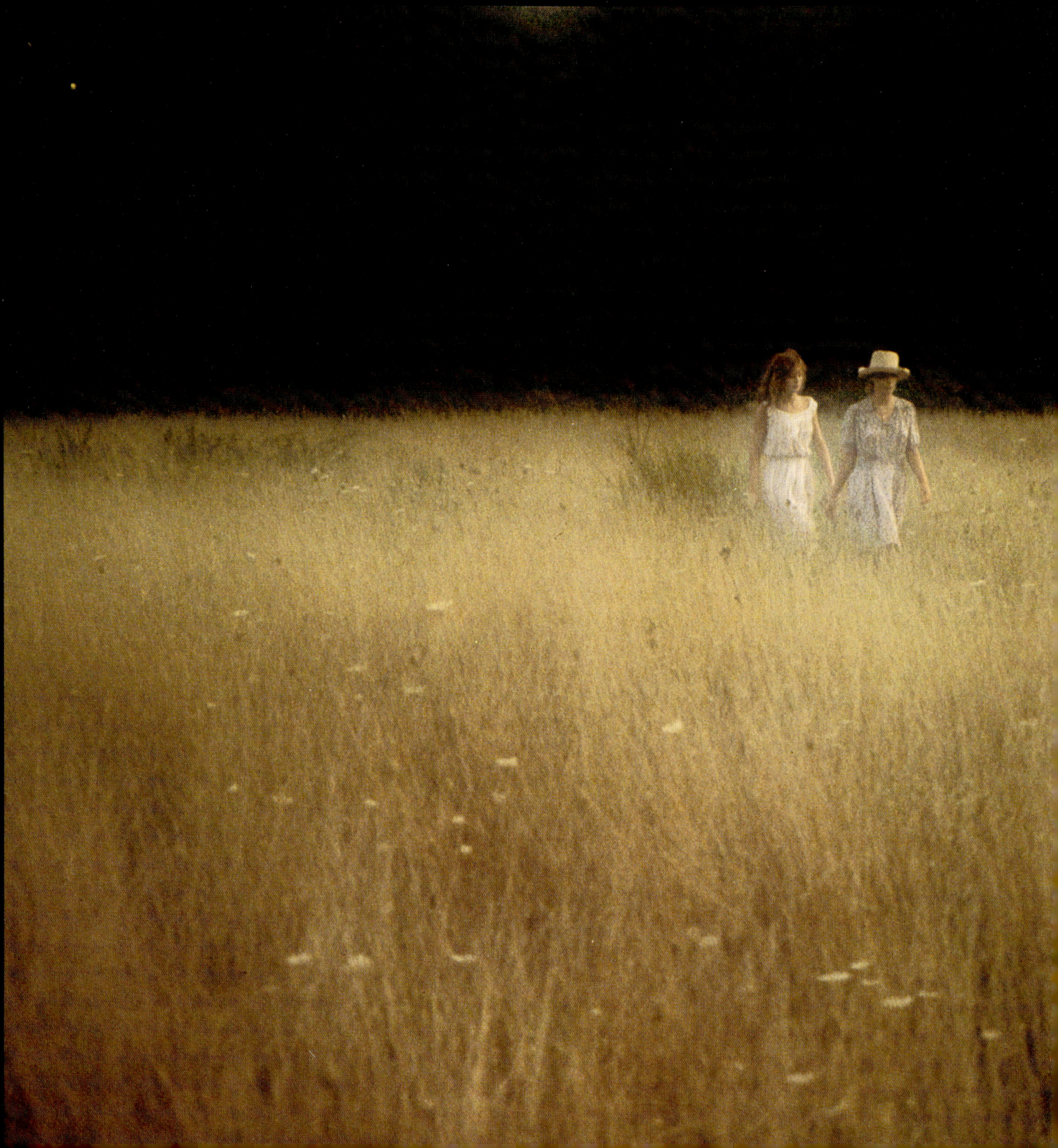

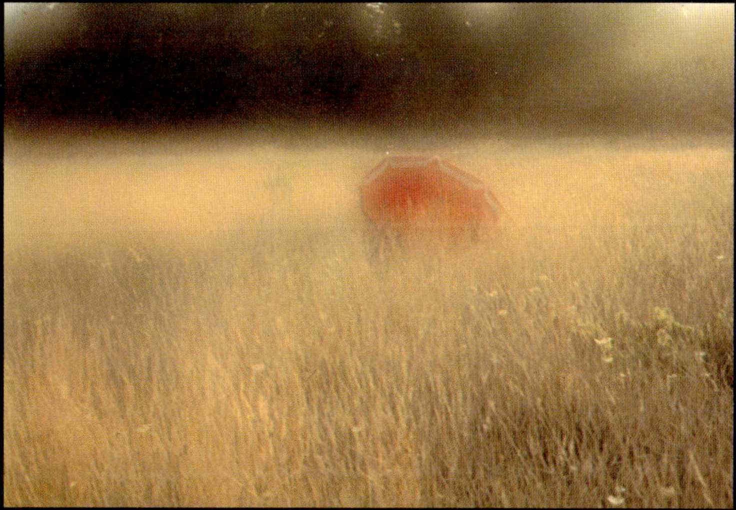

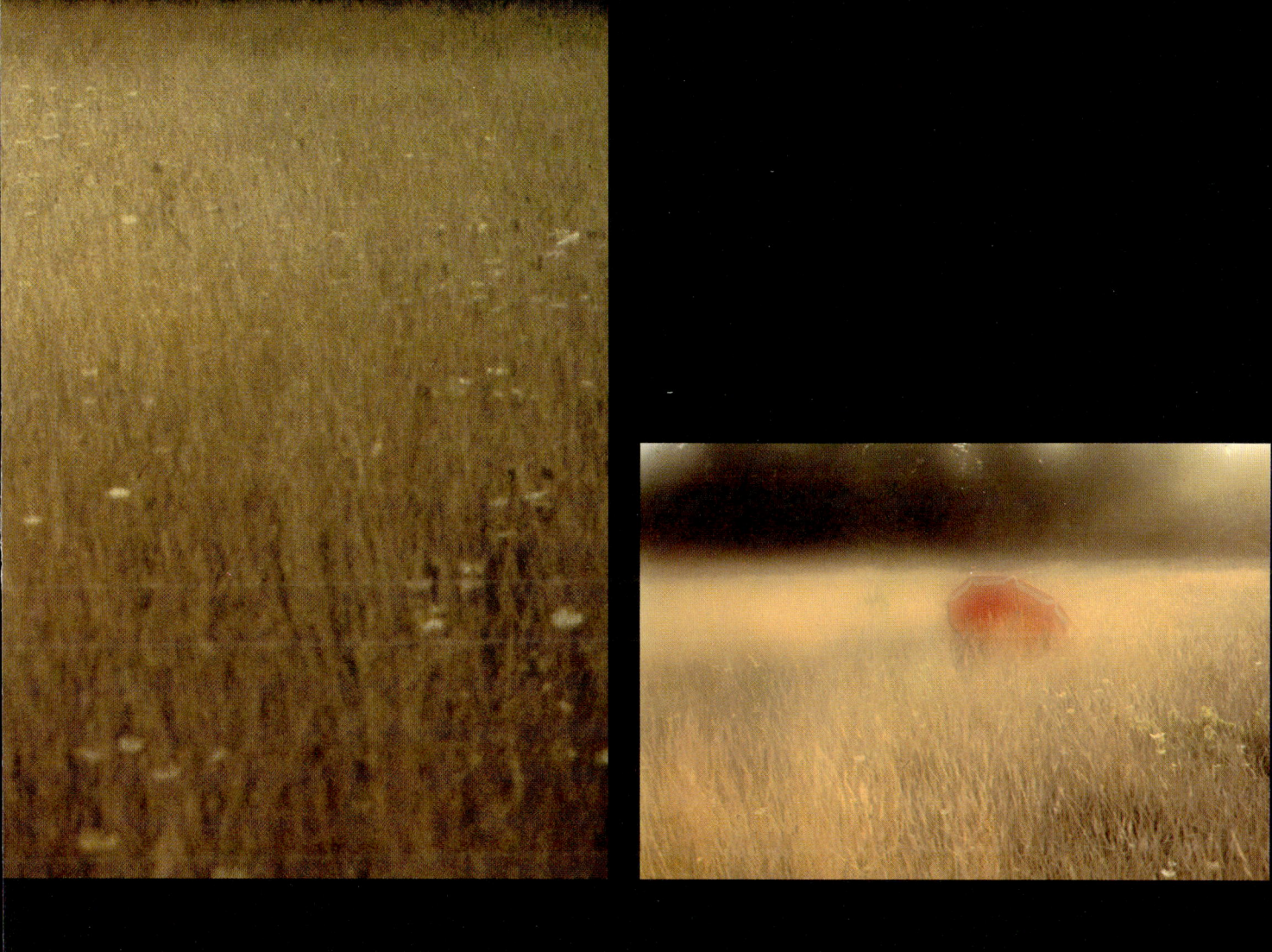

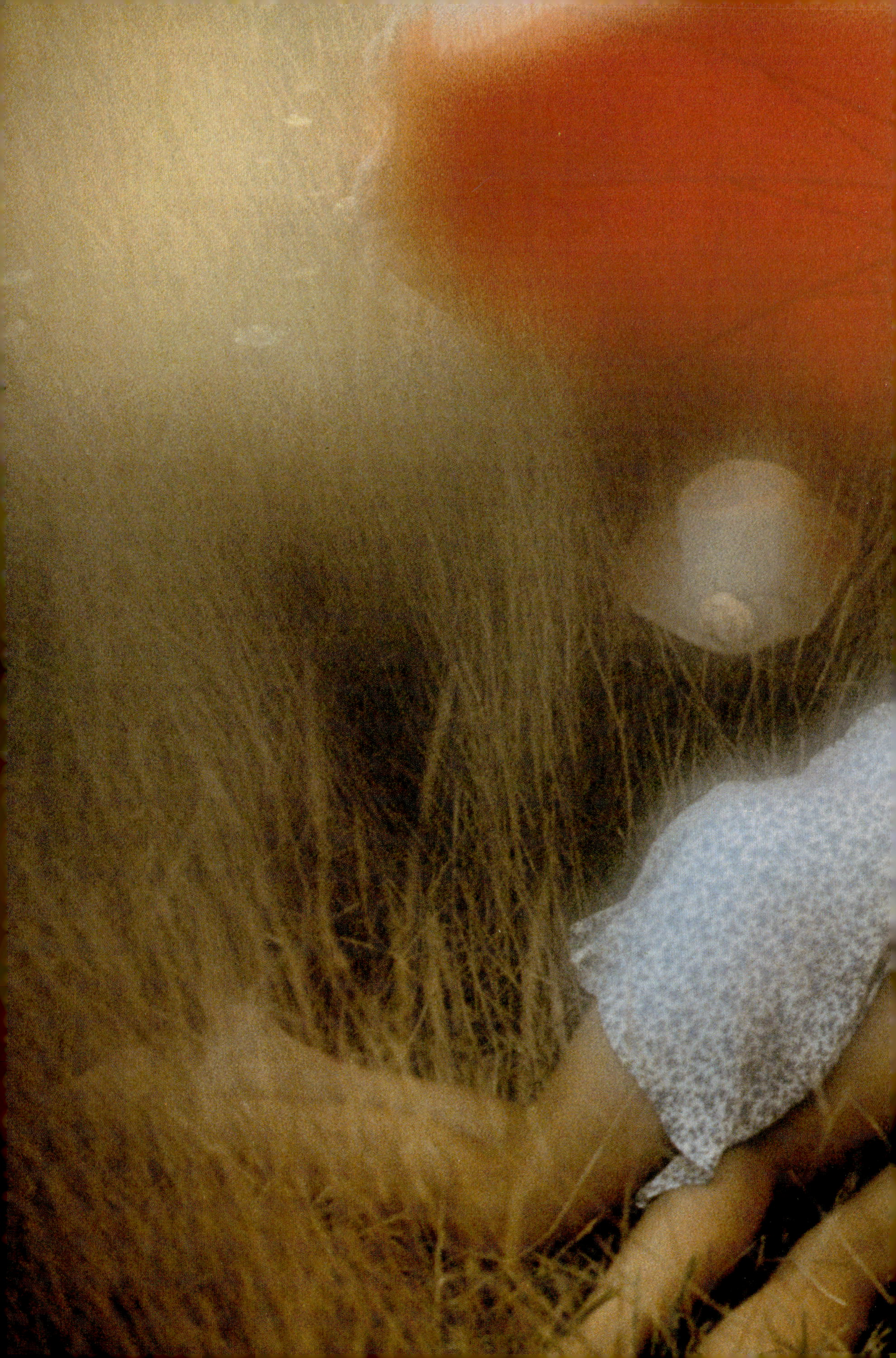

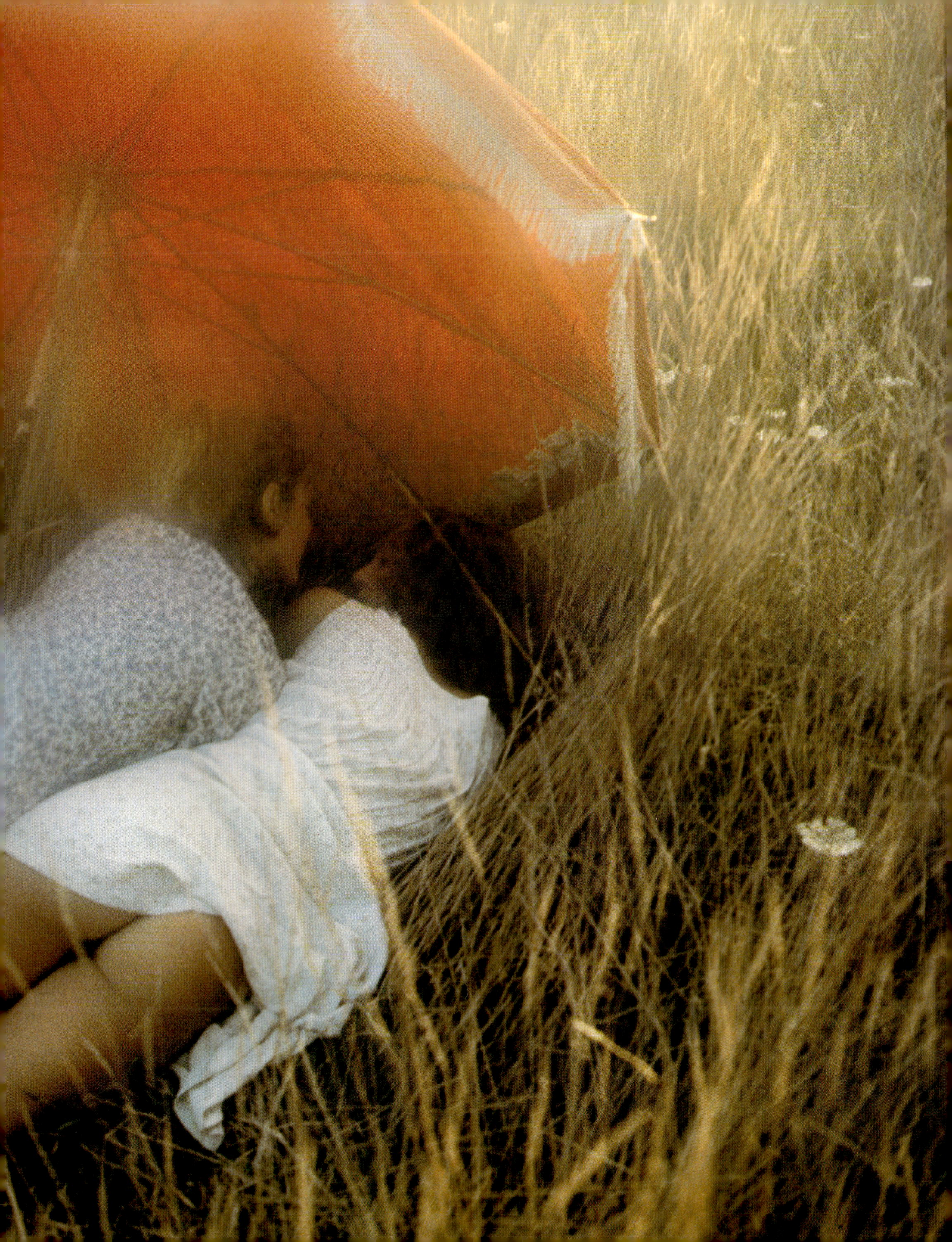

Die Mädchen schliefen noch halb und hingen ihren Träumen nach. Sie reichten sich gegenseitig die Milch, die Tassen, eine Weintraube, aber sie sprachen nicht miteinander. Ein Gefühl des Irrealen legte sich über die Atmosphäre wie ein fremder Schleier, der plötzlich Zweifel an der Realität dieses Bildes aufkommen ließ. War das ein Traum? Ihre Schweigsamkeit wirkte, als ob die Zeit angehalten wäre, wie ein Film im Freilauf, der keine vierundzwanzig Bilder pro Sekunde mehr abspult.

55

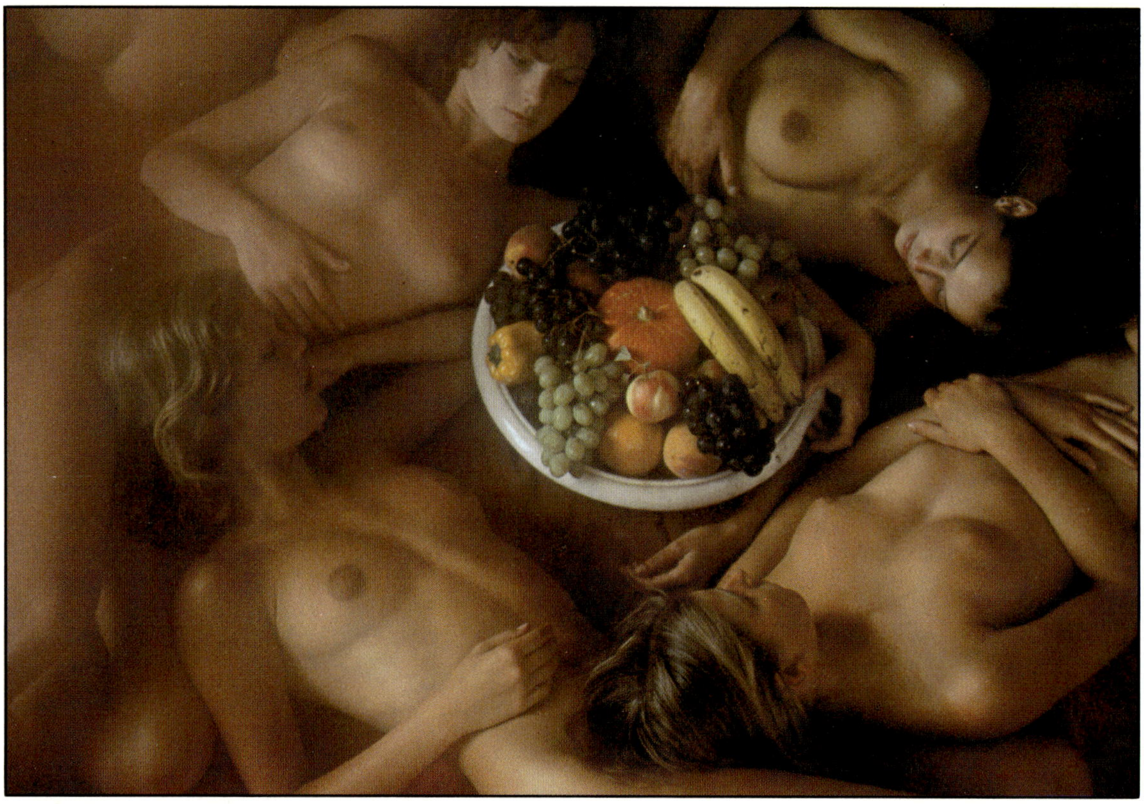

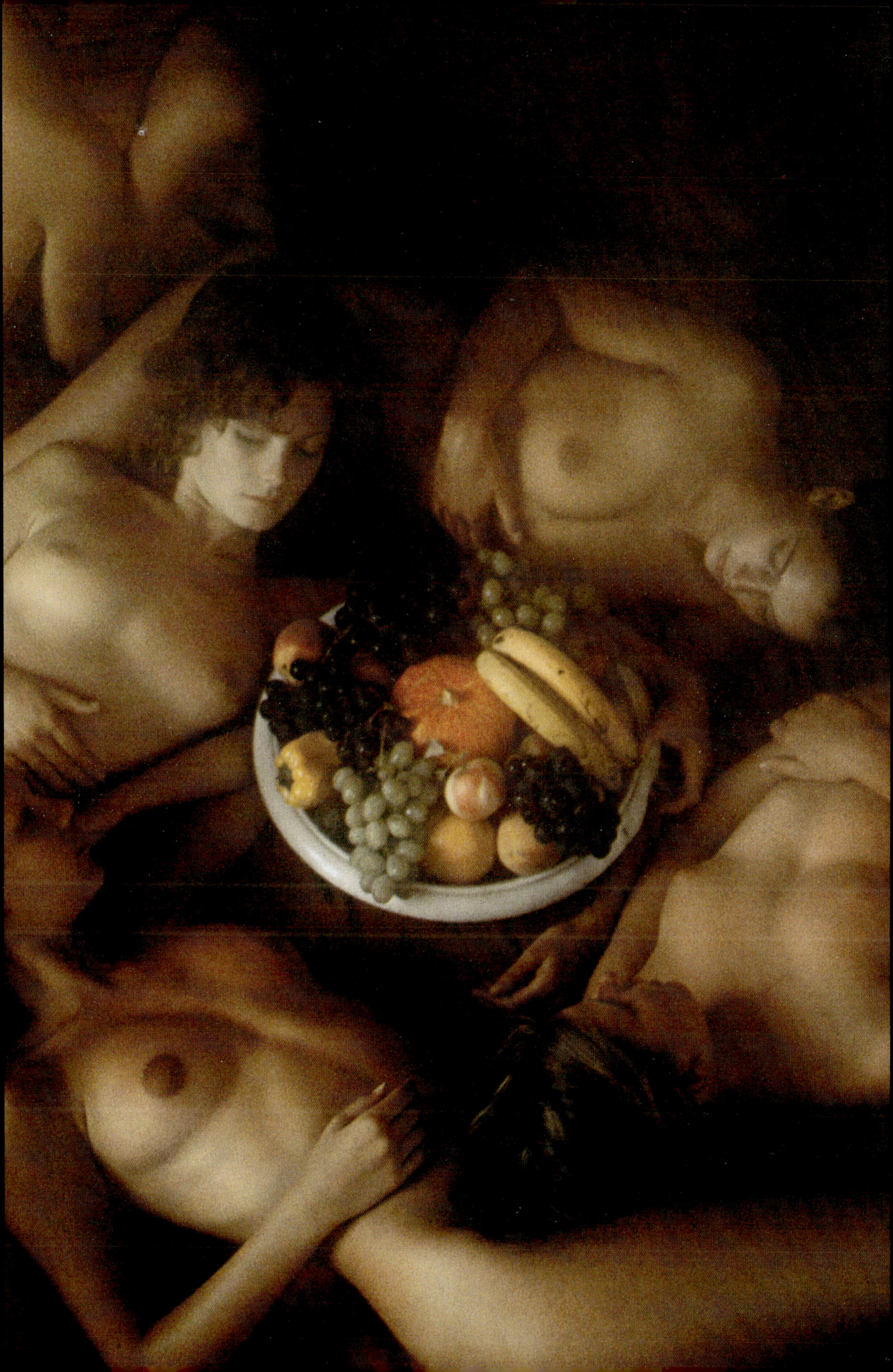

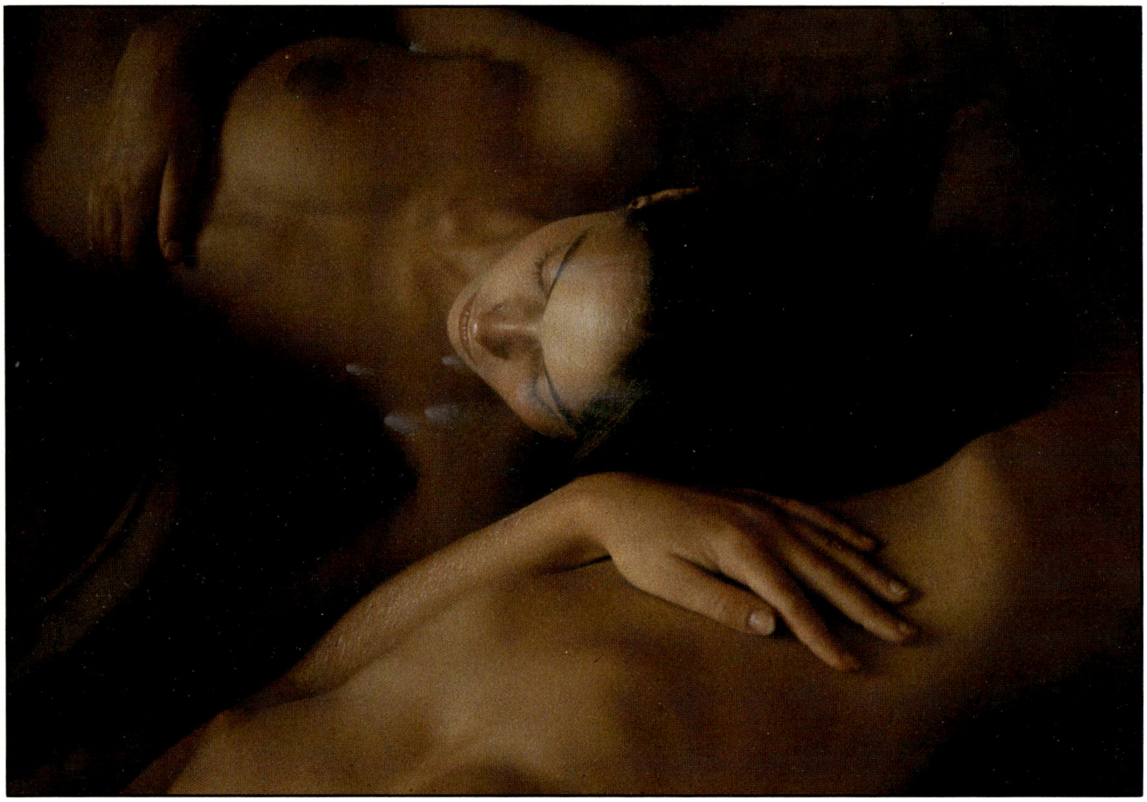

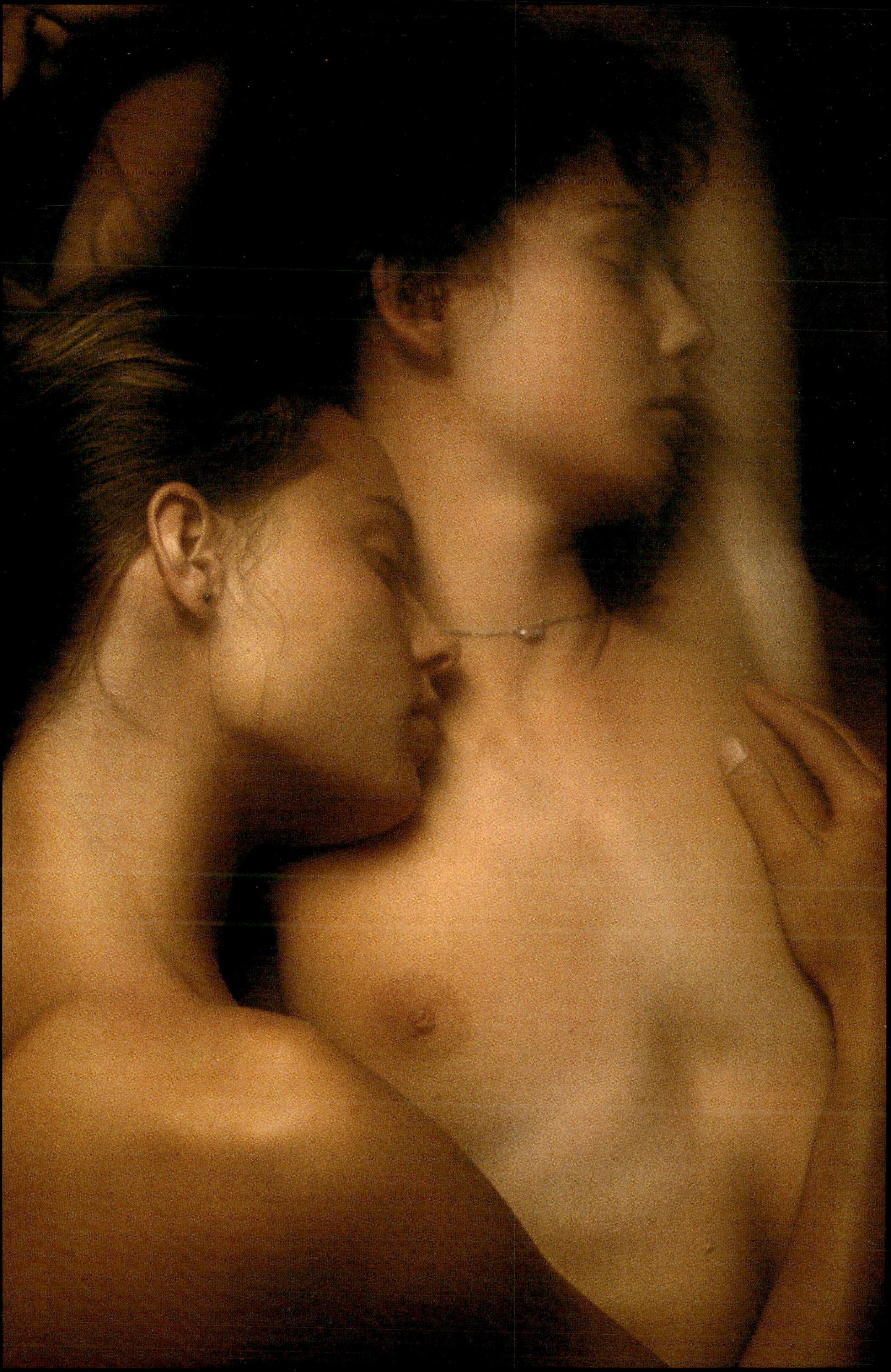

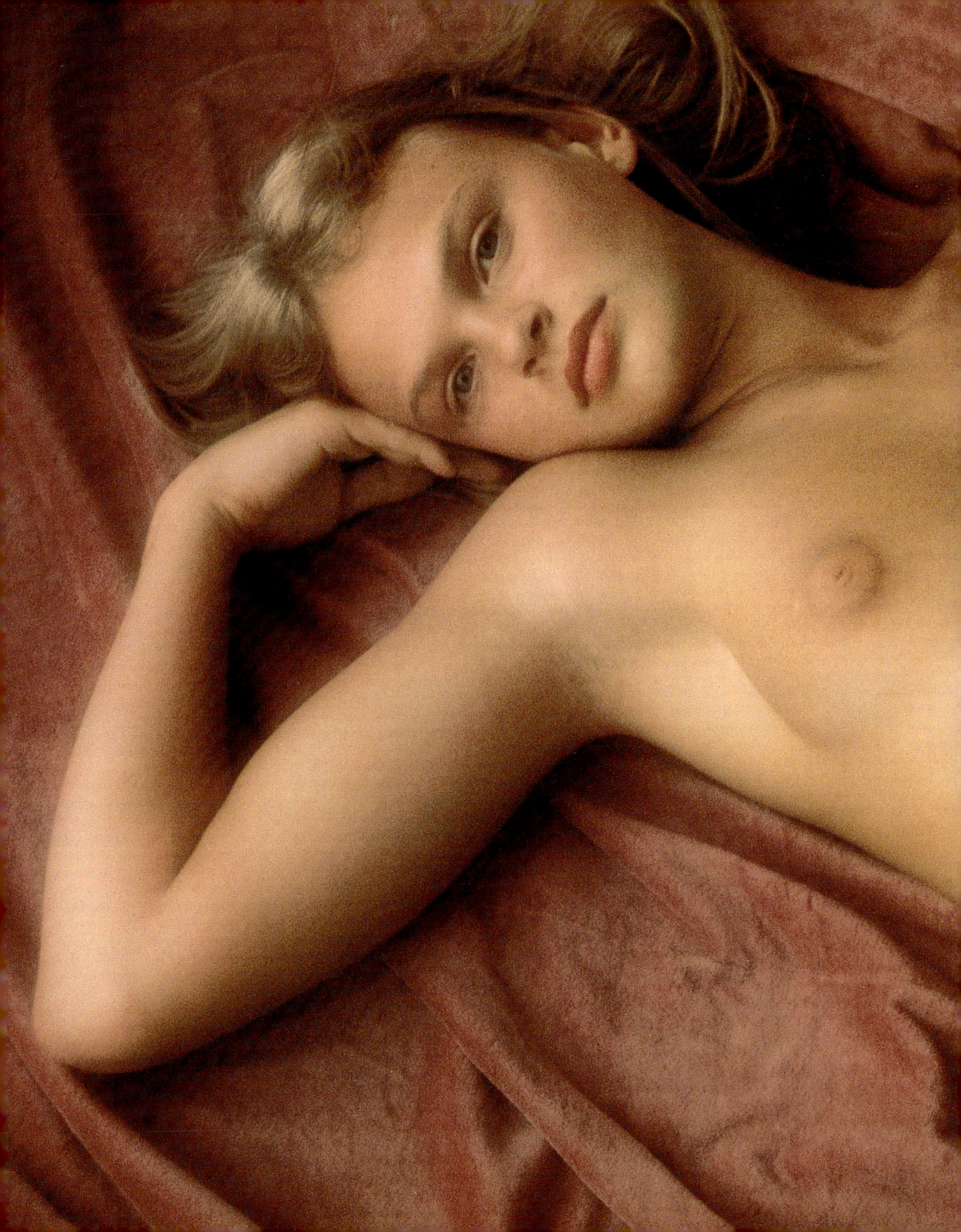

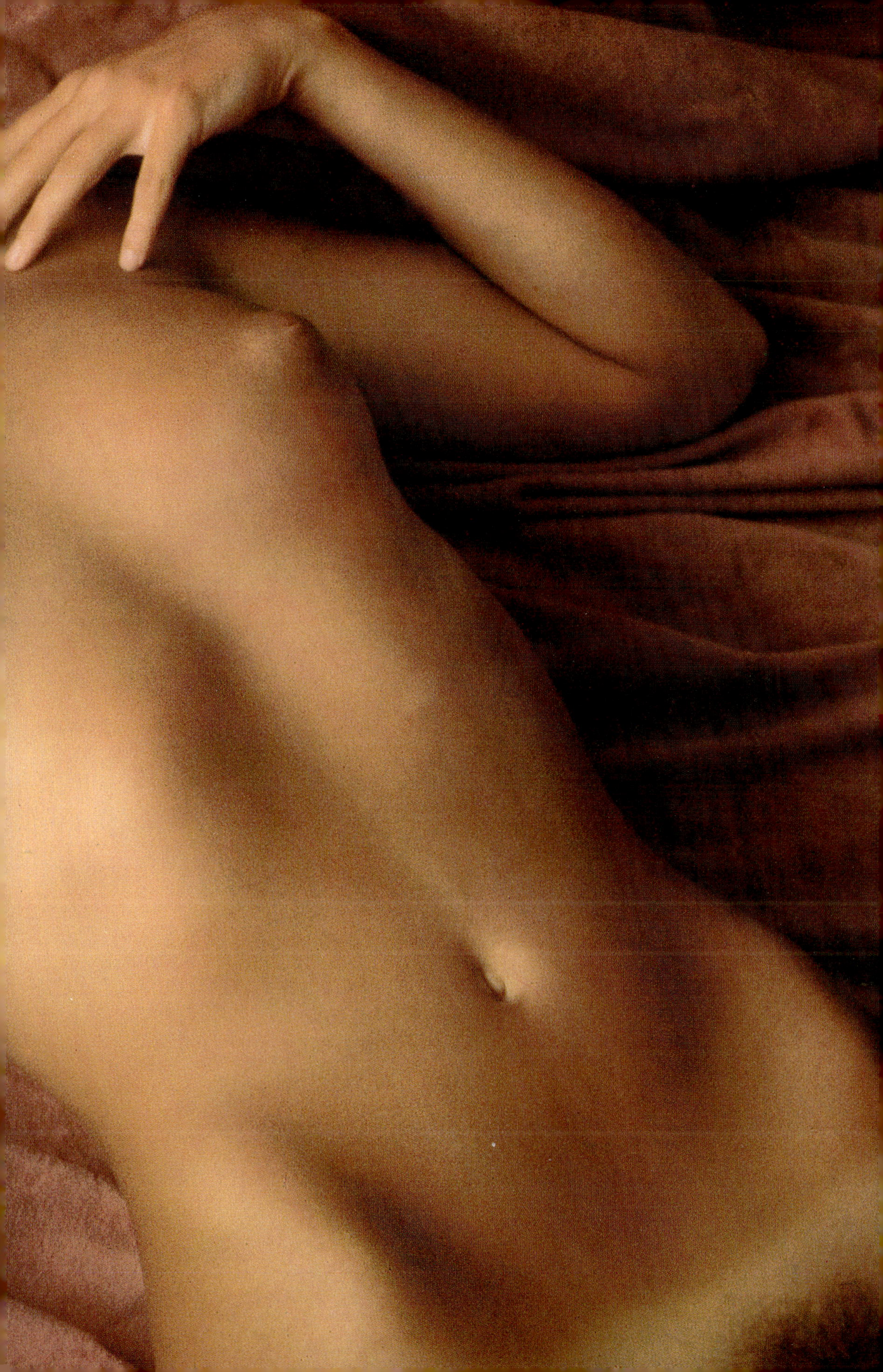

Die verlorenen Schritte

Andere Bilder folgten ohne Bezug zueinander. Szenen ohne Fortsetzung verwirrten unsere an fortlaufende Erzählungen gewohnten Sinne. Wir waren ratlos, als ob man versuchte, mit dem Verstand Träume zu begreifen, die den Verstand selbst widerlegten. Wie sollte man ein Instrument benutzen in einem Spiel, das darin bestand, dieses Instrument zu zerstören?

Bilder folgten also. Die Mädchen befanden sich unter einem bläulichen Gewölbe, wo ihre nackten Körper im Dunkel des Schattens verschwammen und Dampfwolken aus heißen Springbrunnen strömten.

Melancholisch tauschten die Freundinnen Zärtlichkeiten und Küsse aus, auf ihrer glatten Haut perlten Wassertropfen. Dann folgten schöne, einfache friedvolle Landschaftsaufnahmen. Nebelschwaden über Reben, grasende Schafe unter einem Olivenbaum, alte Häuser auf einem Hügel...

Ein Mädchen mit langen Haaren, das mit einem Fahrrad durch die engen Gassen eines provenzalischen Dorfes fährt. Zwei langhaarige Mädchen, die sich sorglos unter einem roten Sonnenschirm inmitten eines Haferfeldes lieben. Drei blonde Mädchen, die sich in gespieltem Streit gegenseitig mit Wasser überschütten, um dann ins Meer zu tauchen.

Anna und Sybille lassen ihre Wäsche im Stich, um sich unnötigerweise die Haare zu waschen, wofür sie sich dann gegenseitig Kannen voll Eiswasser über die Haut schütten.

Dann ein Bild, wie die ganze Gruppe dieser jungen Wesen nackt und ausgelassen durch das eisige Morgenlicht rennt.

Und noch mehr Bilder: Schafe, Bäume, ein Dorf, ein Strand...

Die blonden Schönen erfinden neue Spiele, neue Vergnügungen, ihre Naivität kennt keine Grenzen.

Sie weinen und trösten sich damit, Gefangene eines makellosen Paradieses zu sein.

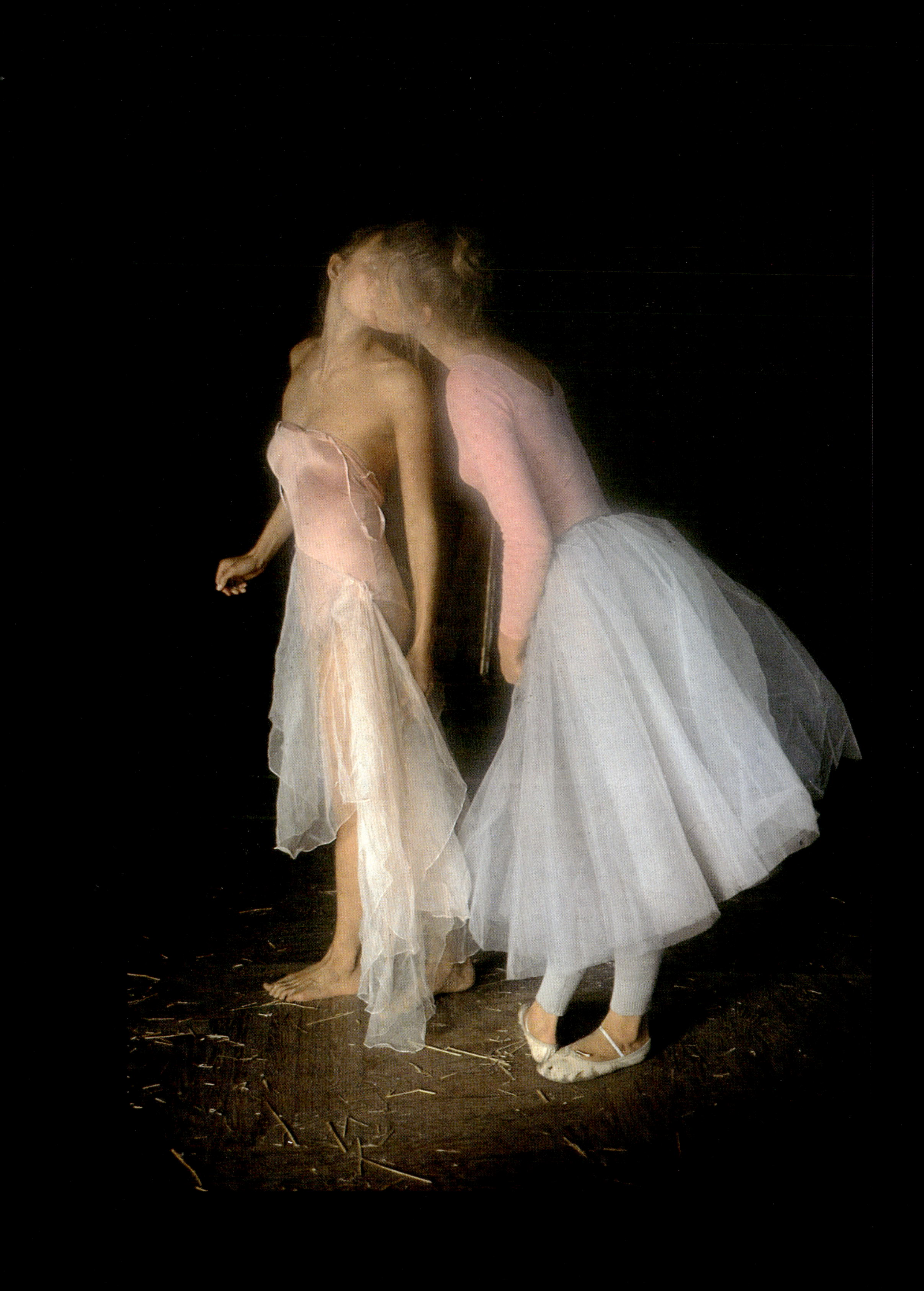

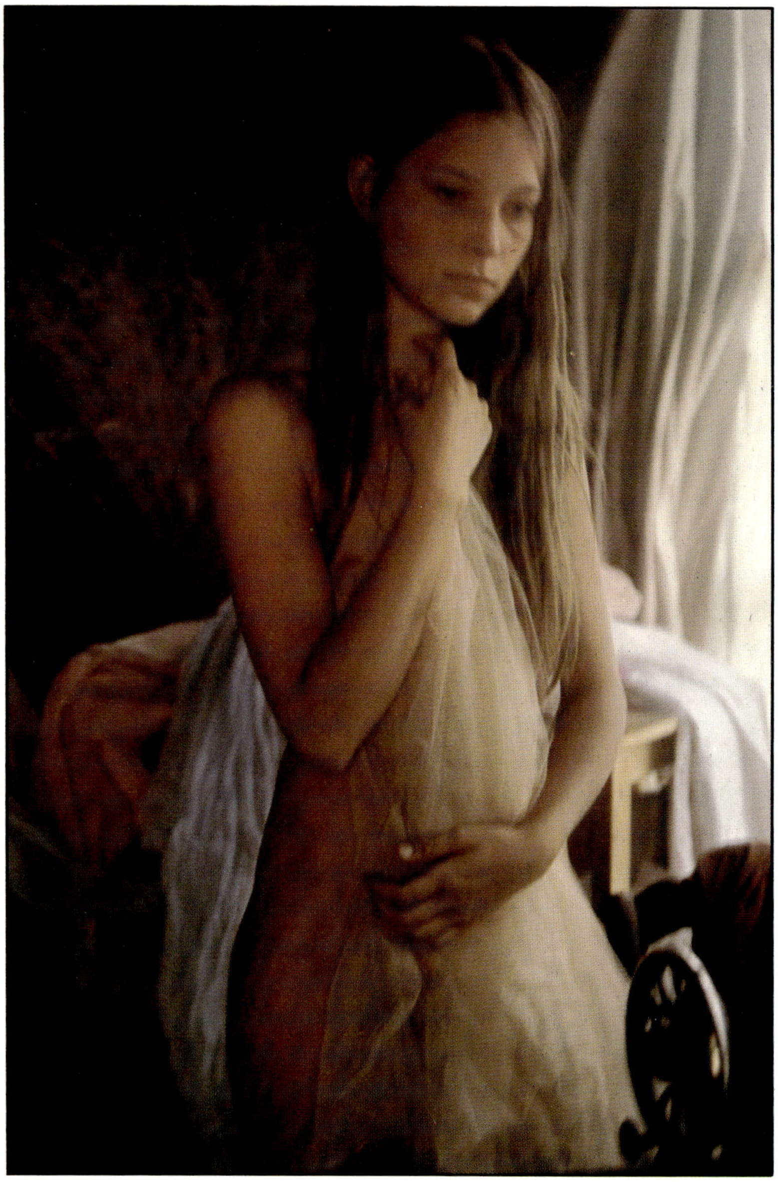

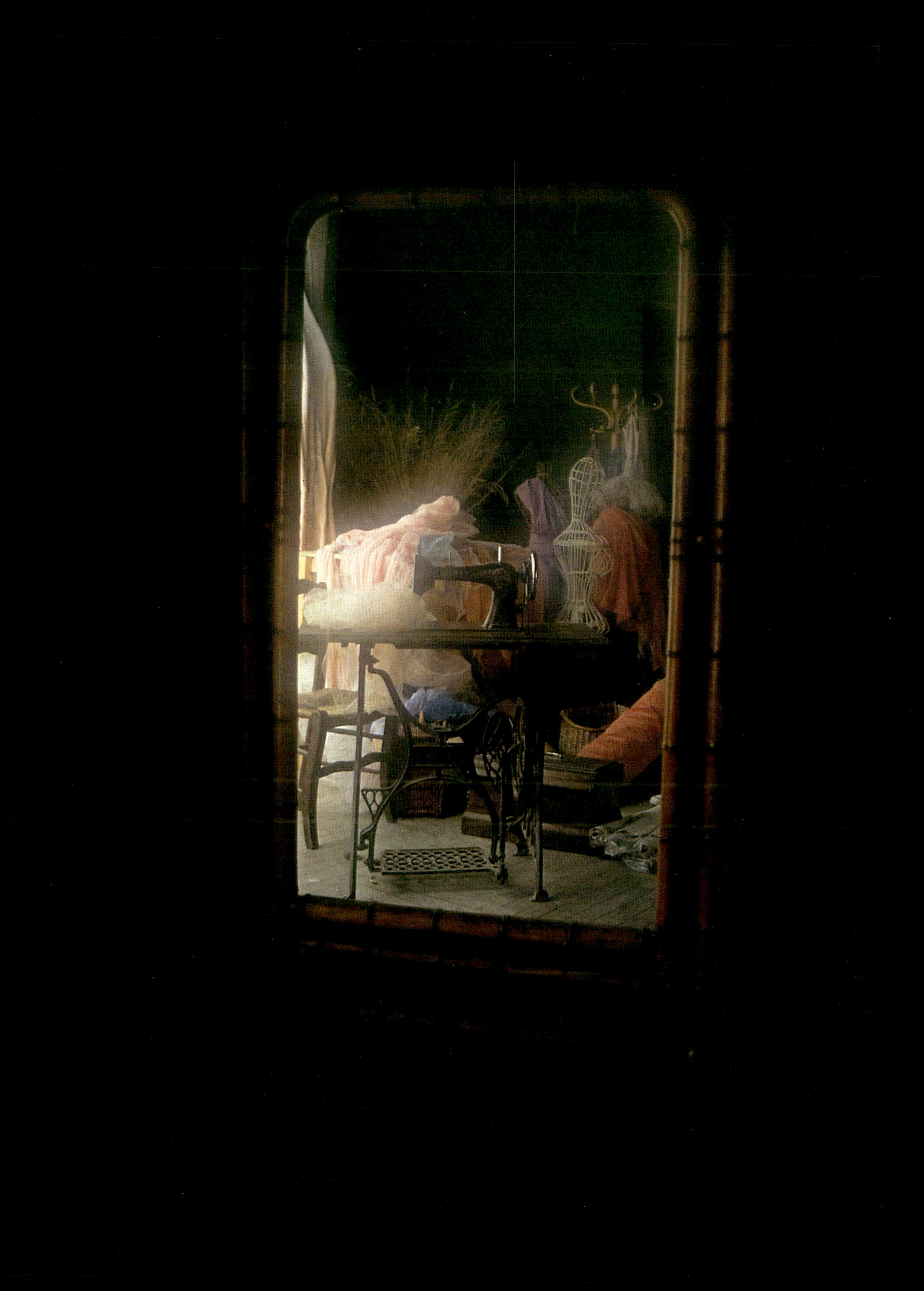

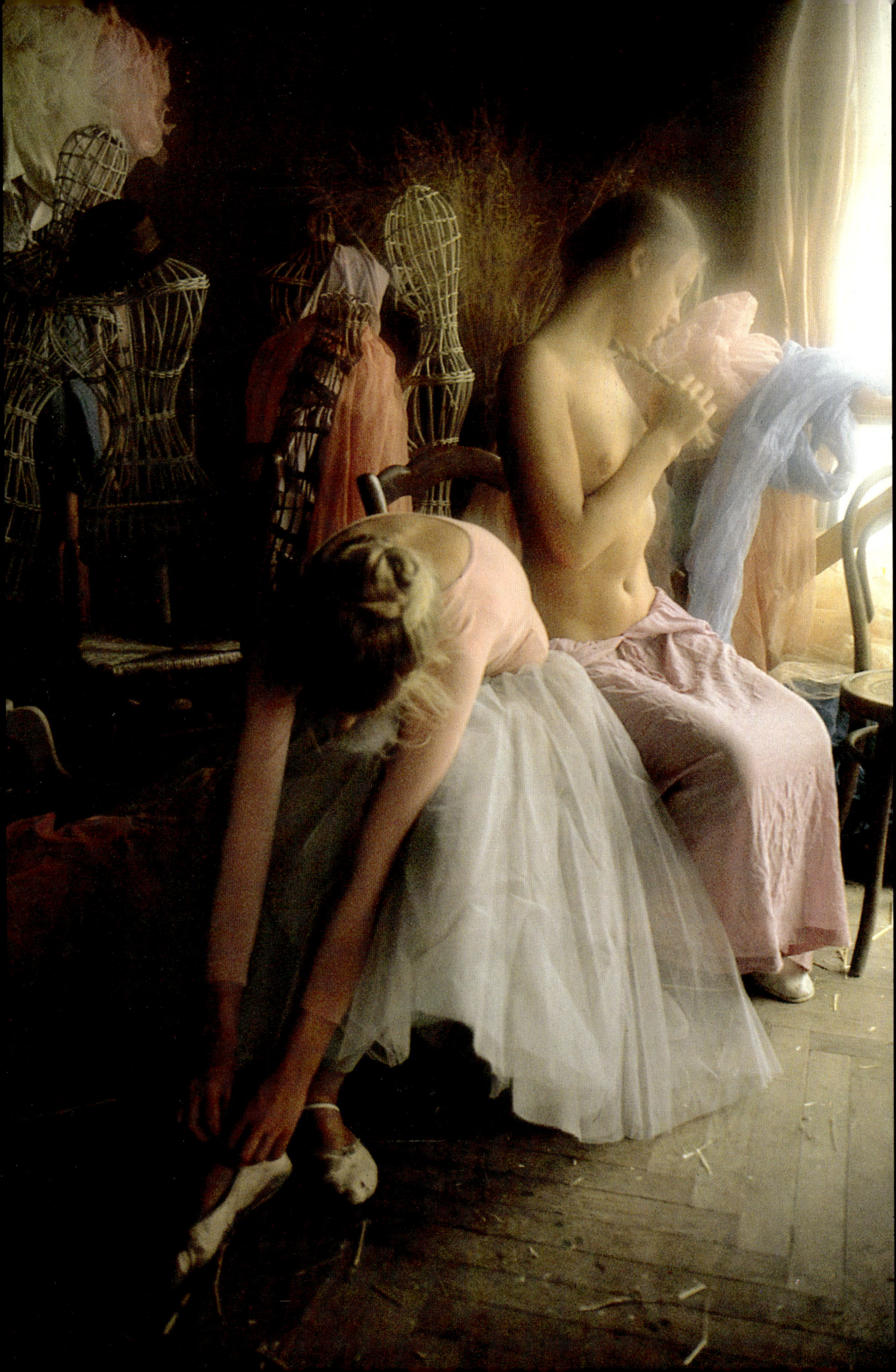

67

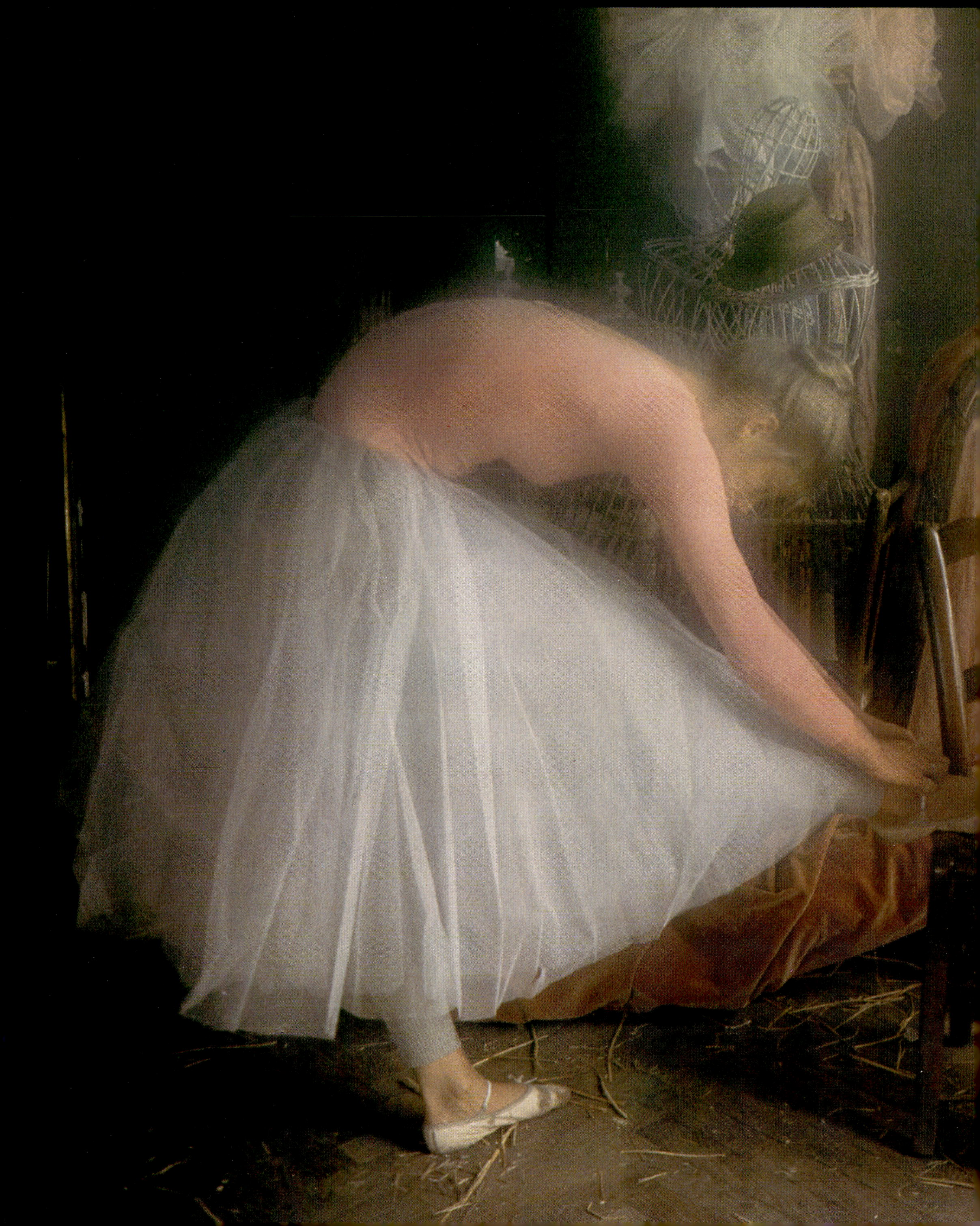

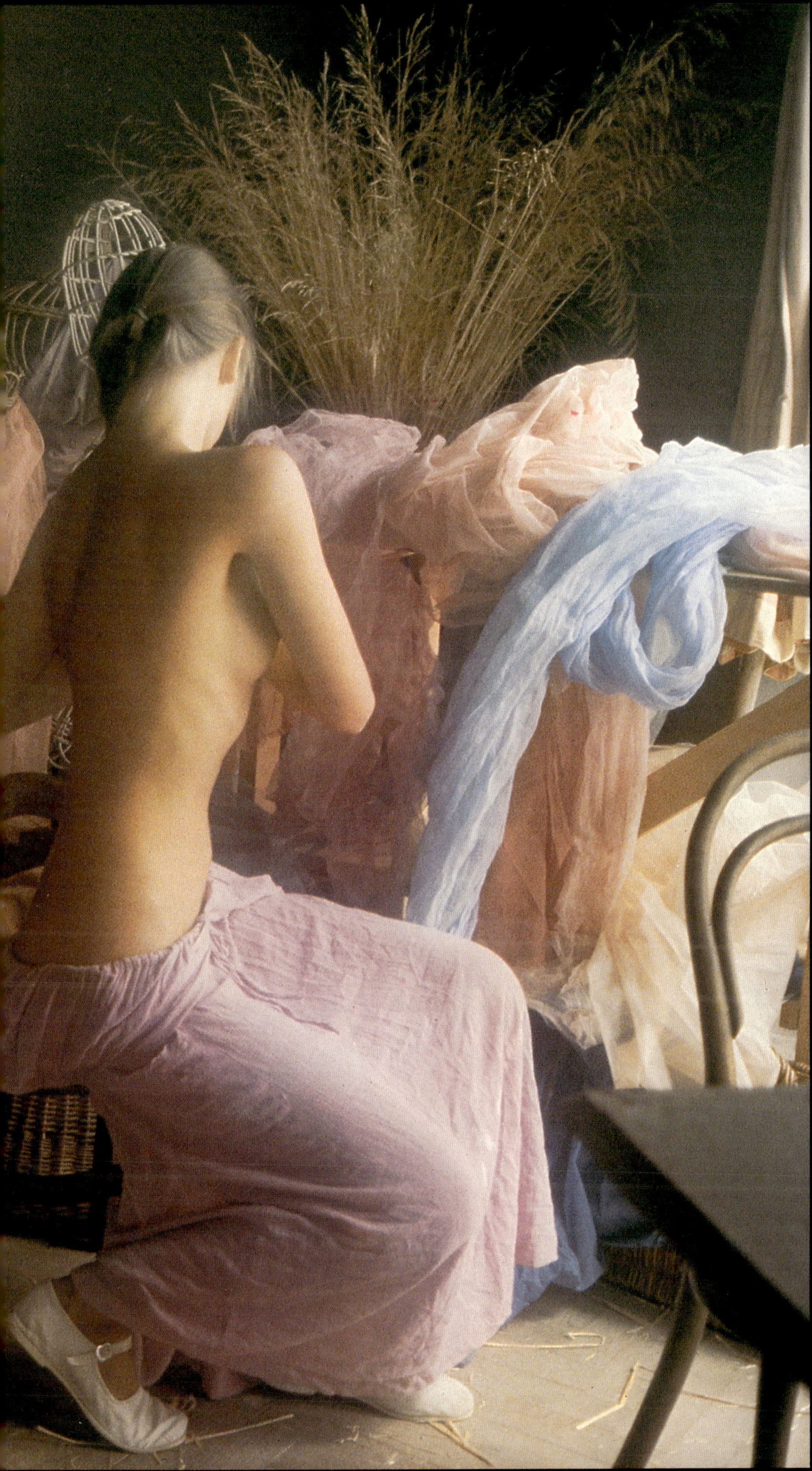

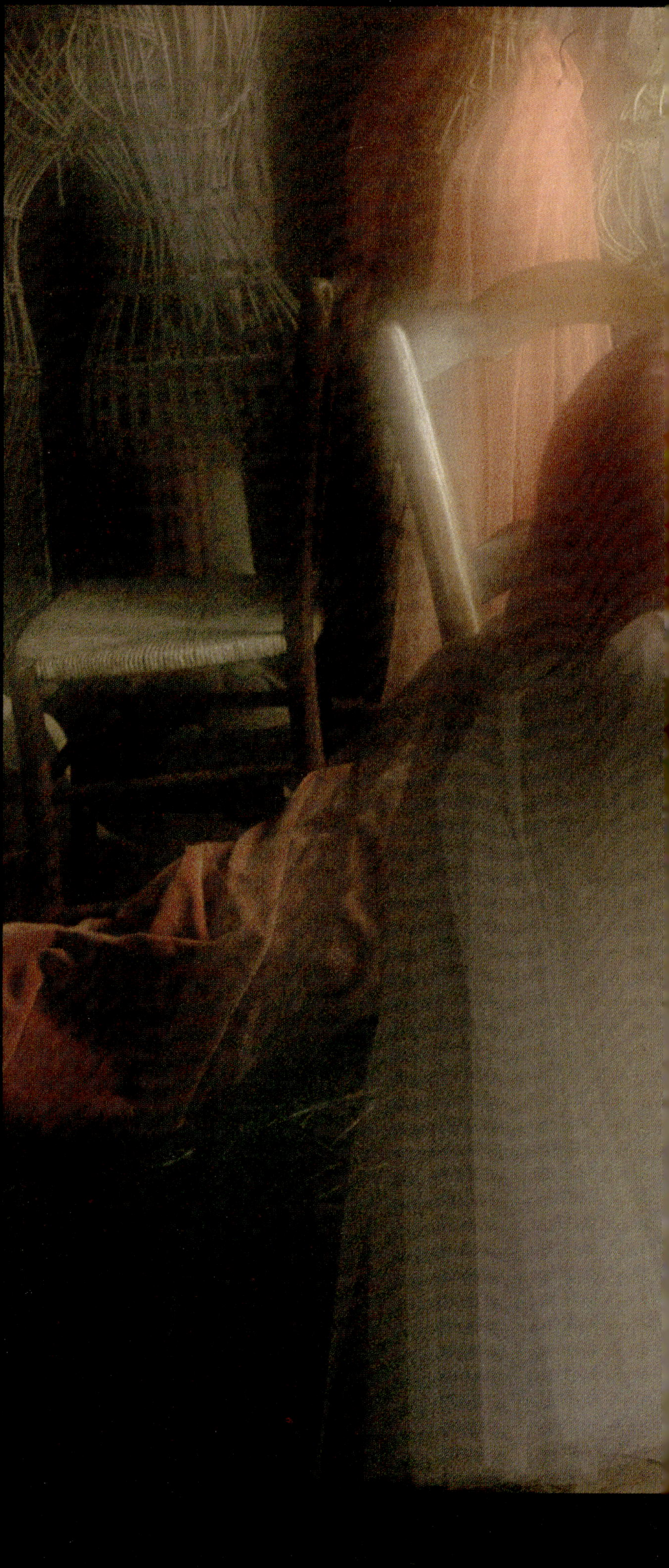

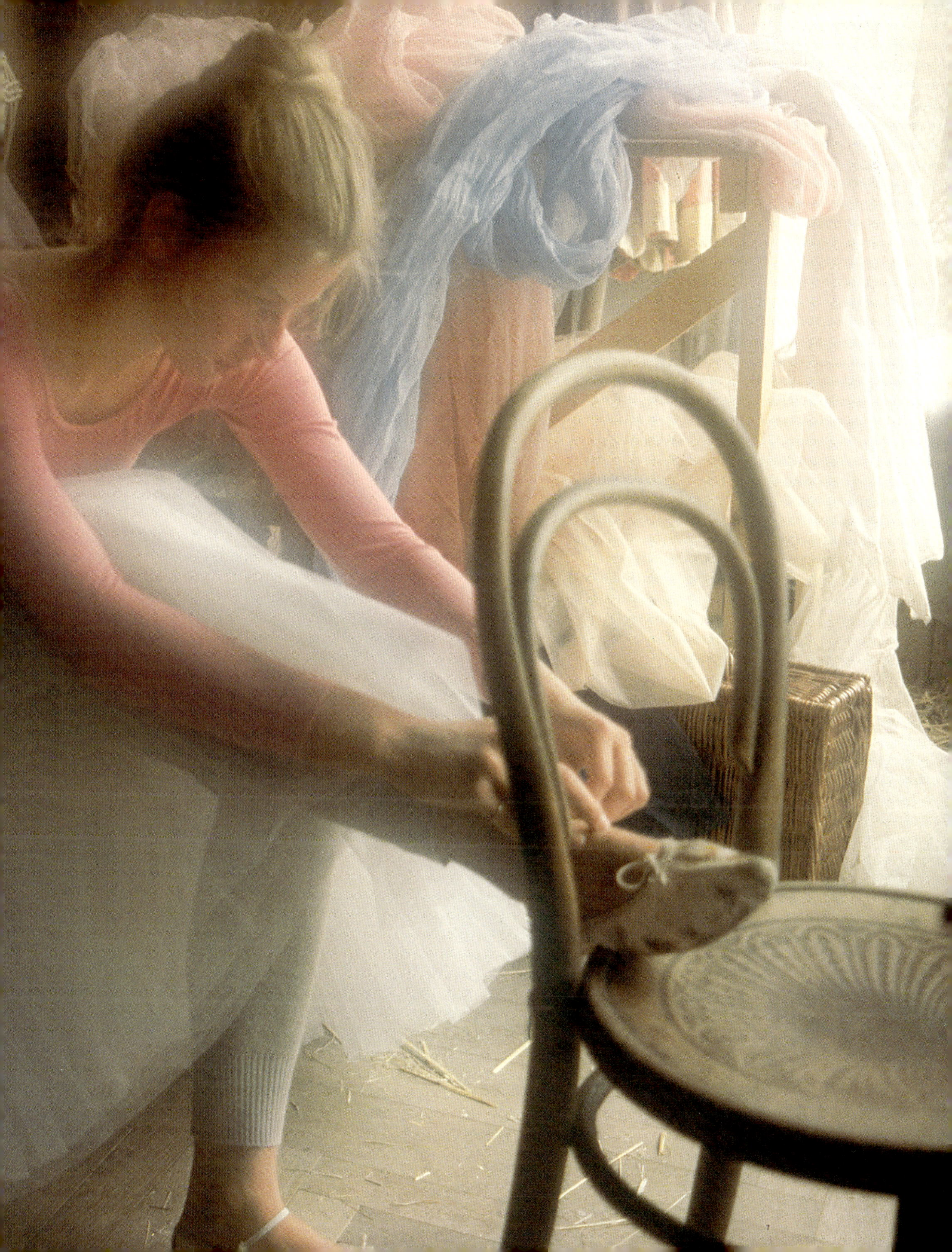

Zeitlos

Die Wiesen wirkten fast weiß unter der Hitze des Morgens. Anna kniff die Augen zusammen und betrachtete die weißen, unbeweglich oder träge dahingleitenden Segel am Horizont, wo das Meer den Himmel zu stützen schien. Isobel hatte sich auf einen der großen Steine im Garten gesetzt und tauchte ihre Füße in das schon warme Gras, die letzten, von der Nacht heilgebliebenen Tautröpfchen erfrischten ihre Haut.

Sie pflückte eine der blauen Blumen, deren Blütenblätter dunkle Ränder tragen und zum Inneren lackschwarz werden. Anna nahm ihr die Blume aus der Hand. Ein Wind von Westen strich zärtlich über ihre Gesichter und Arme. Er trug den Geruch von Algen und Himmel, die Schreie der Vögel, die mit ihrem Flügelschlag zum Zenit hinaufreichen.

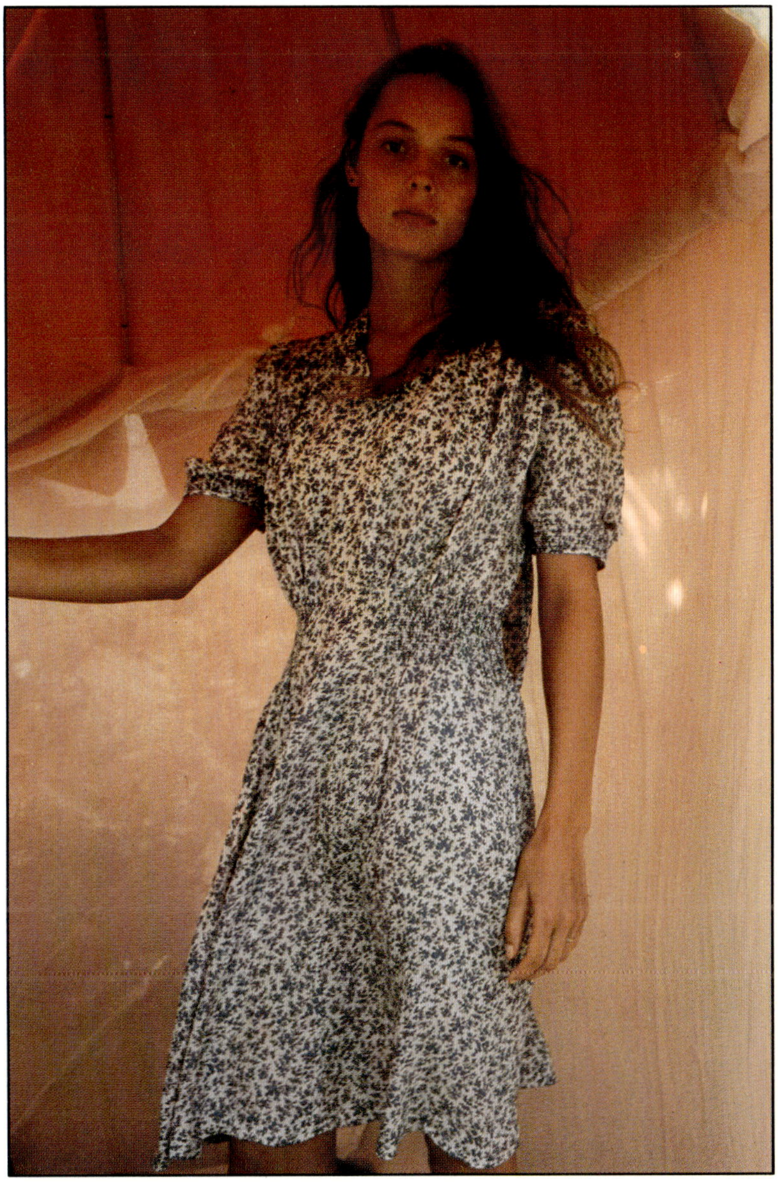

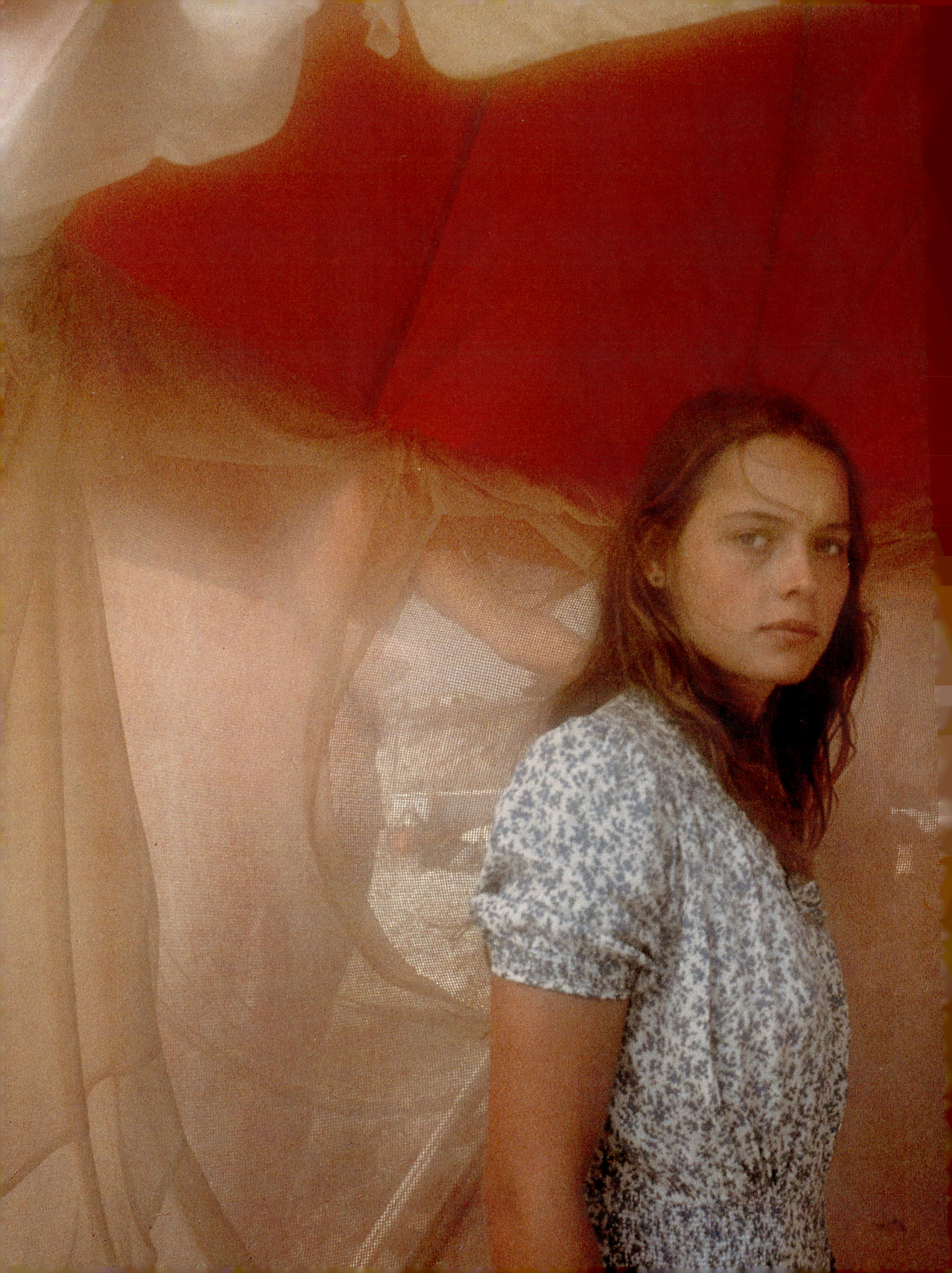

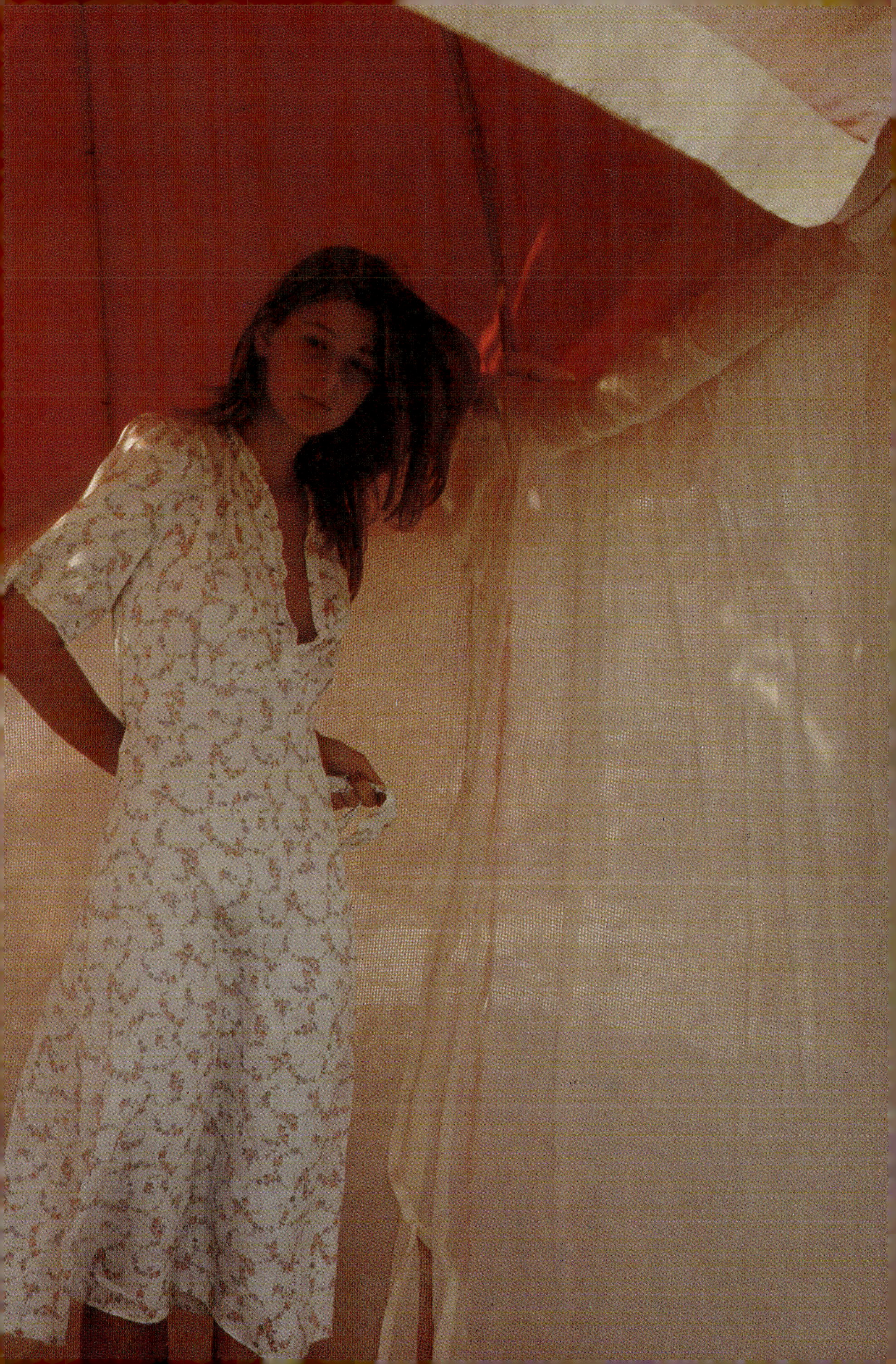

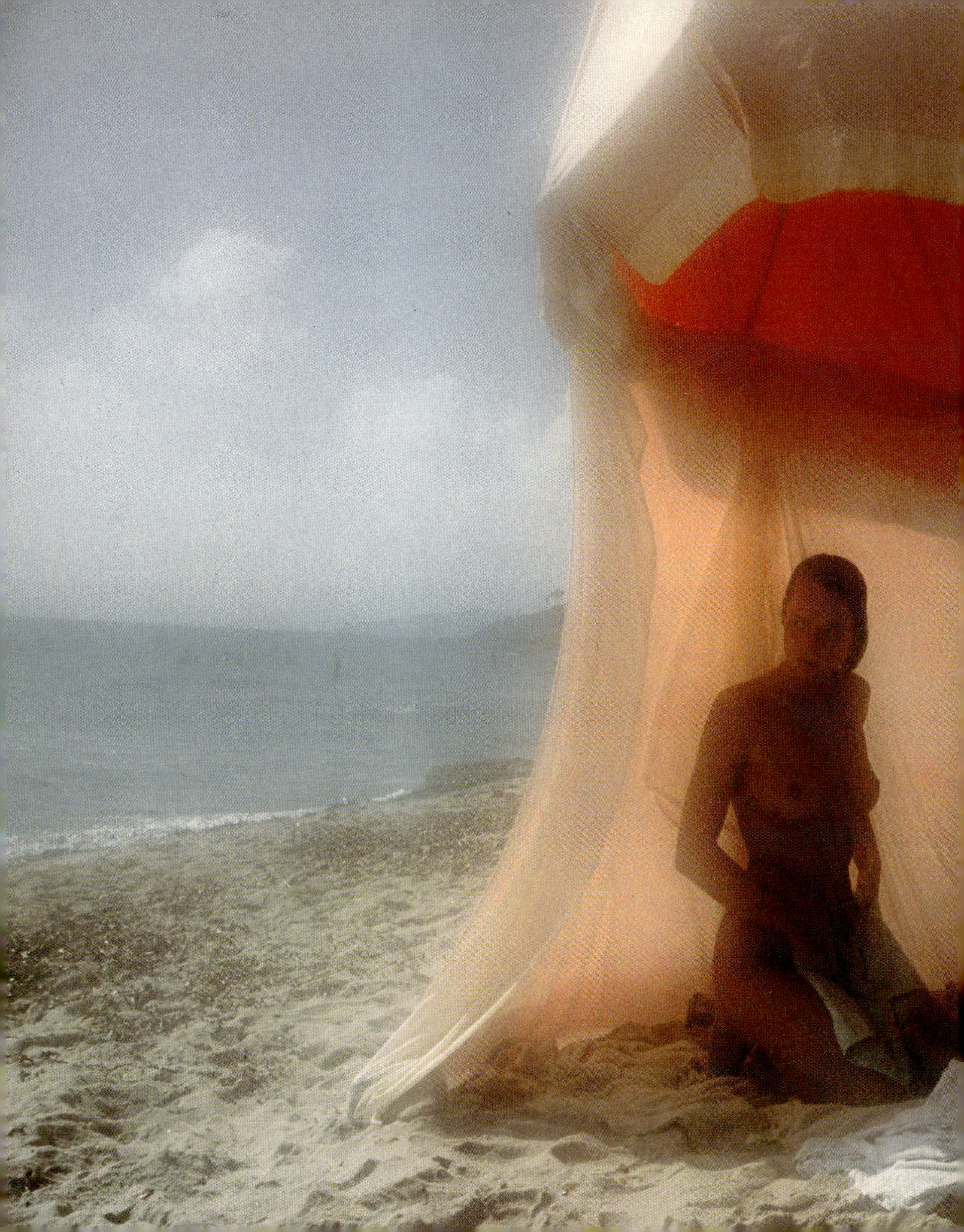

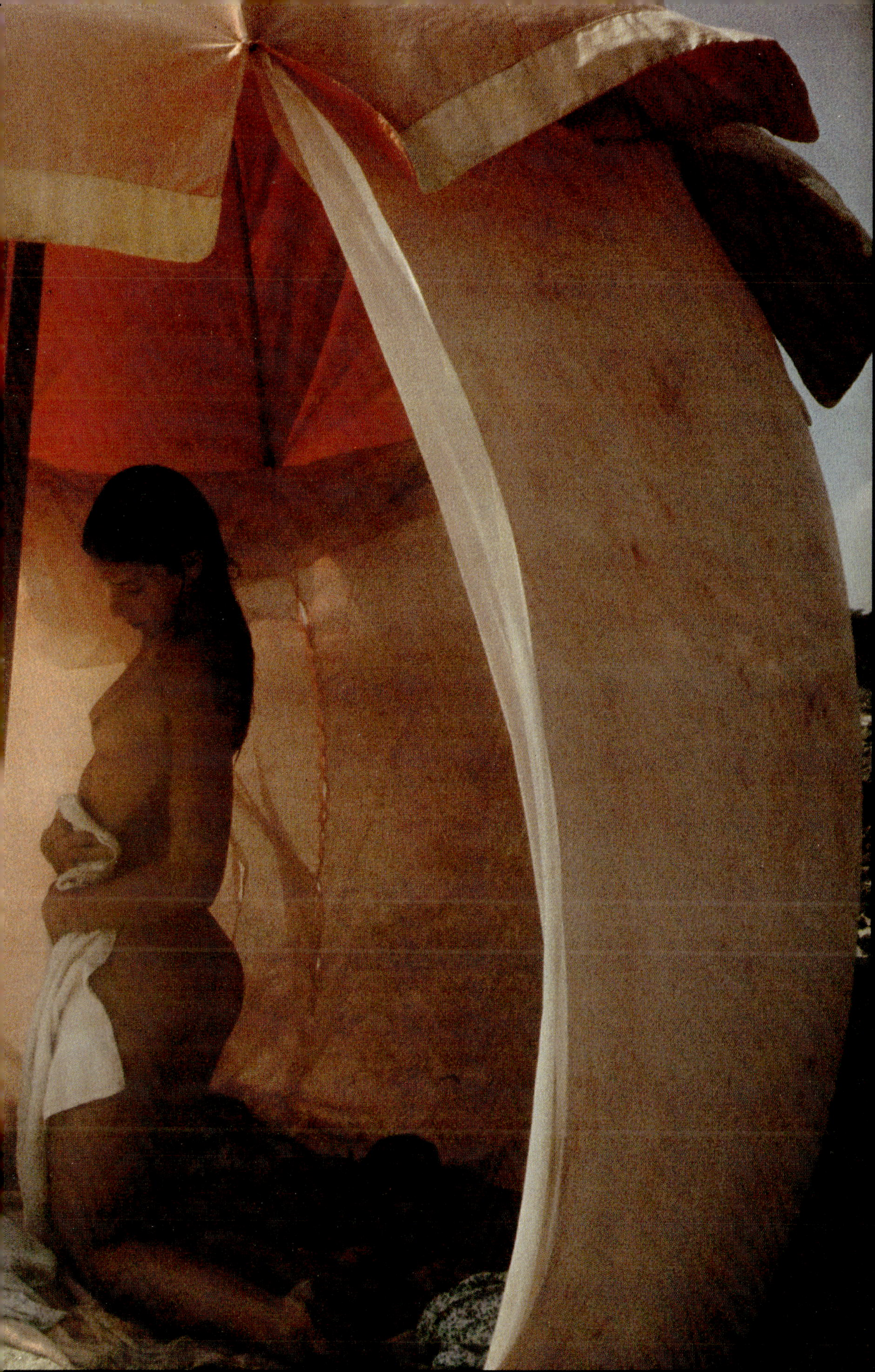

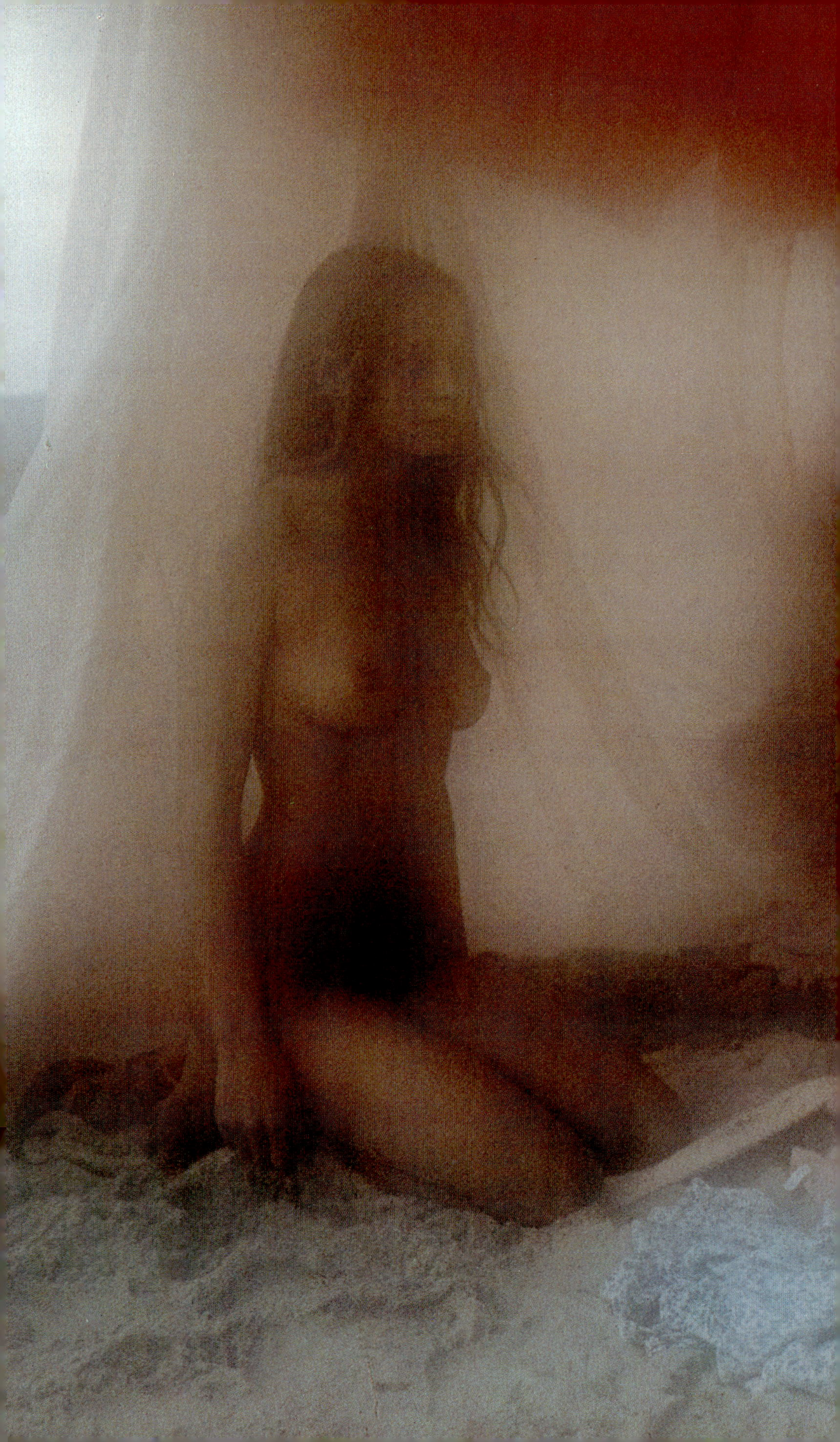

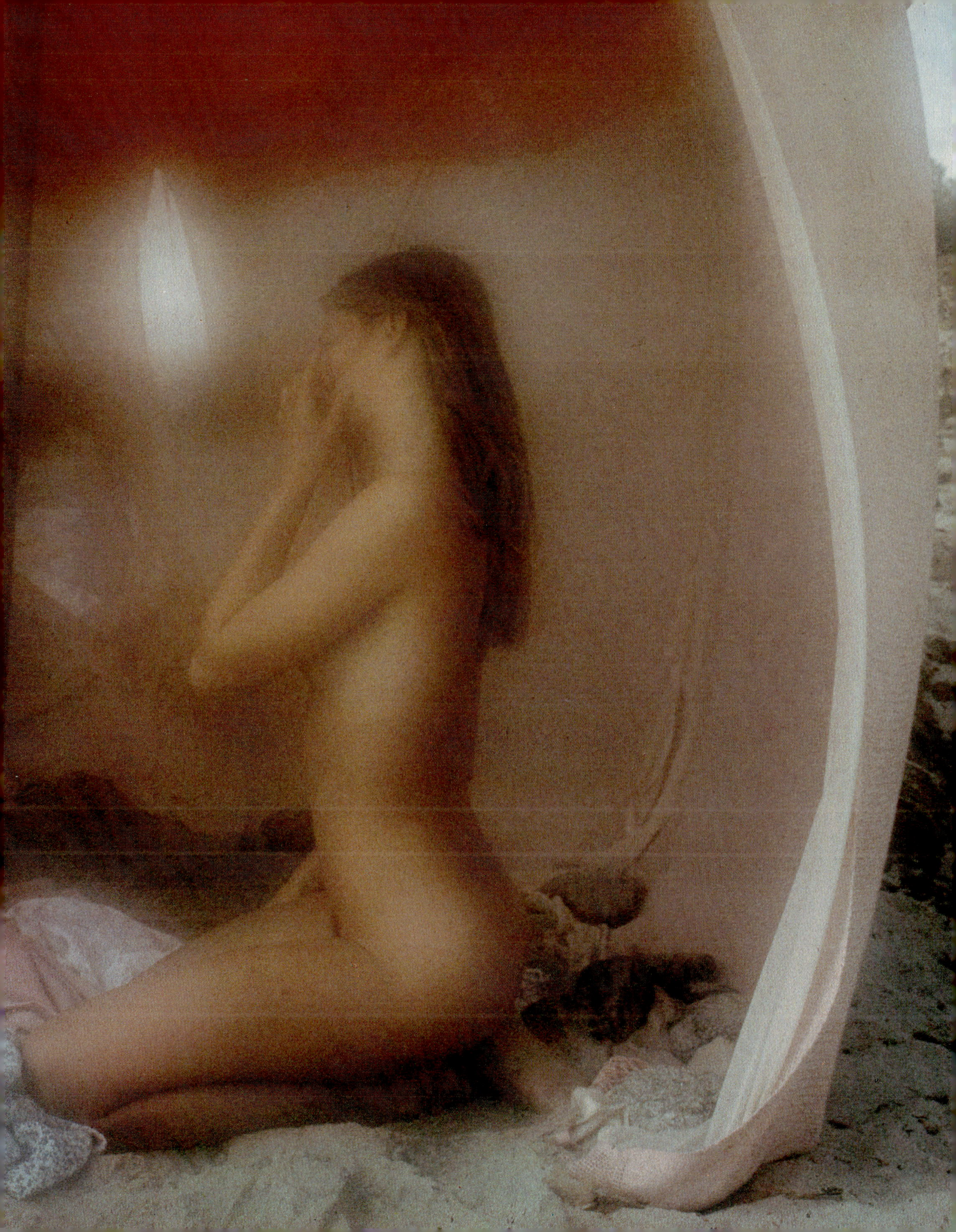

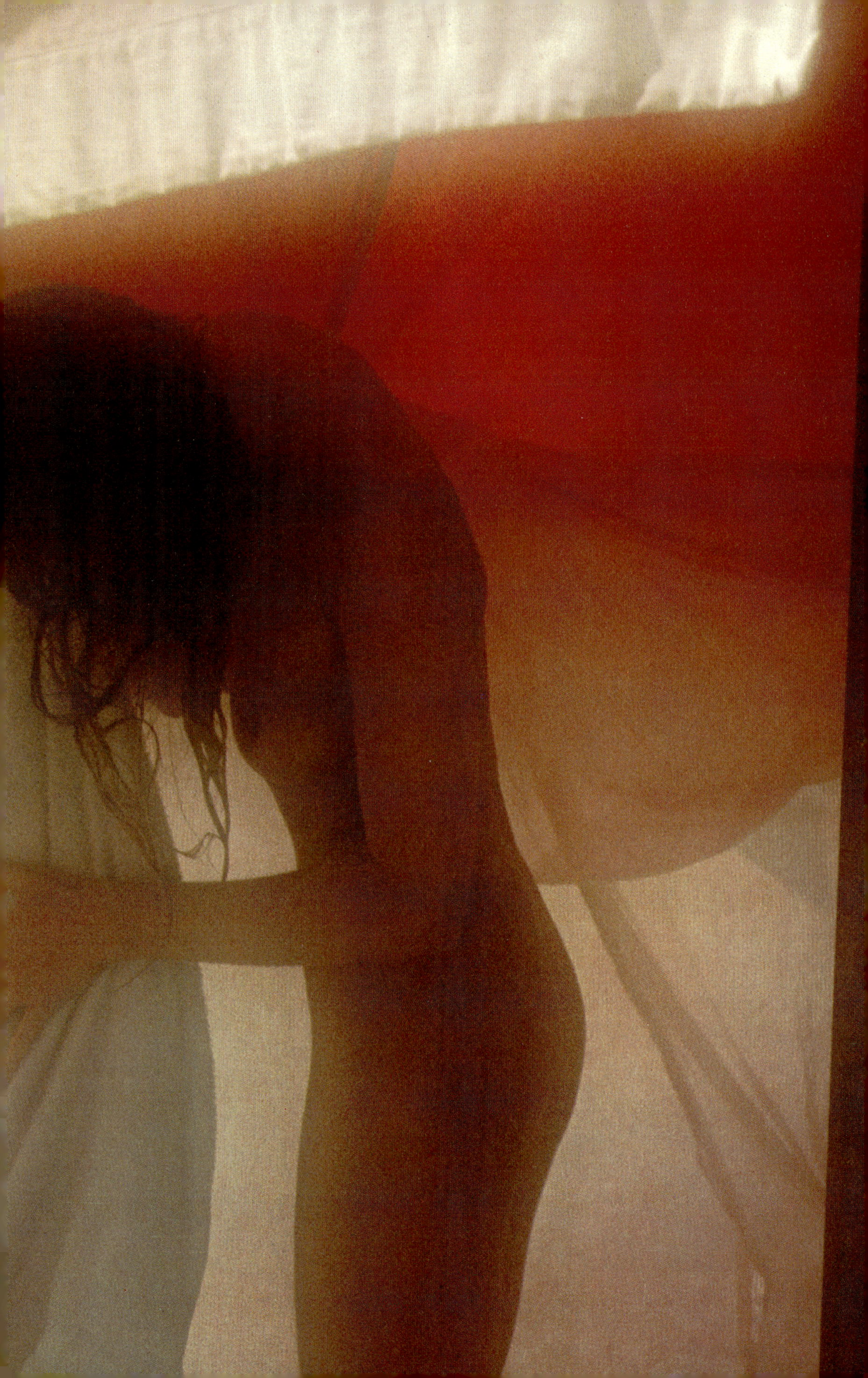

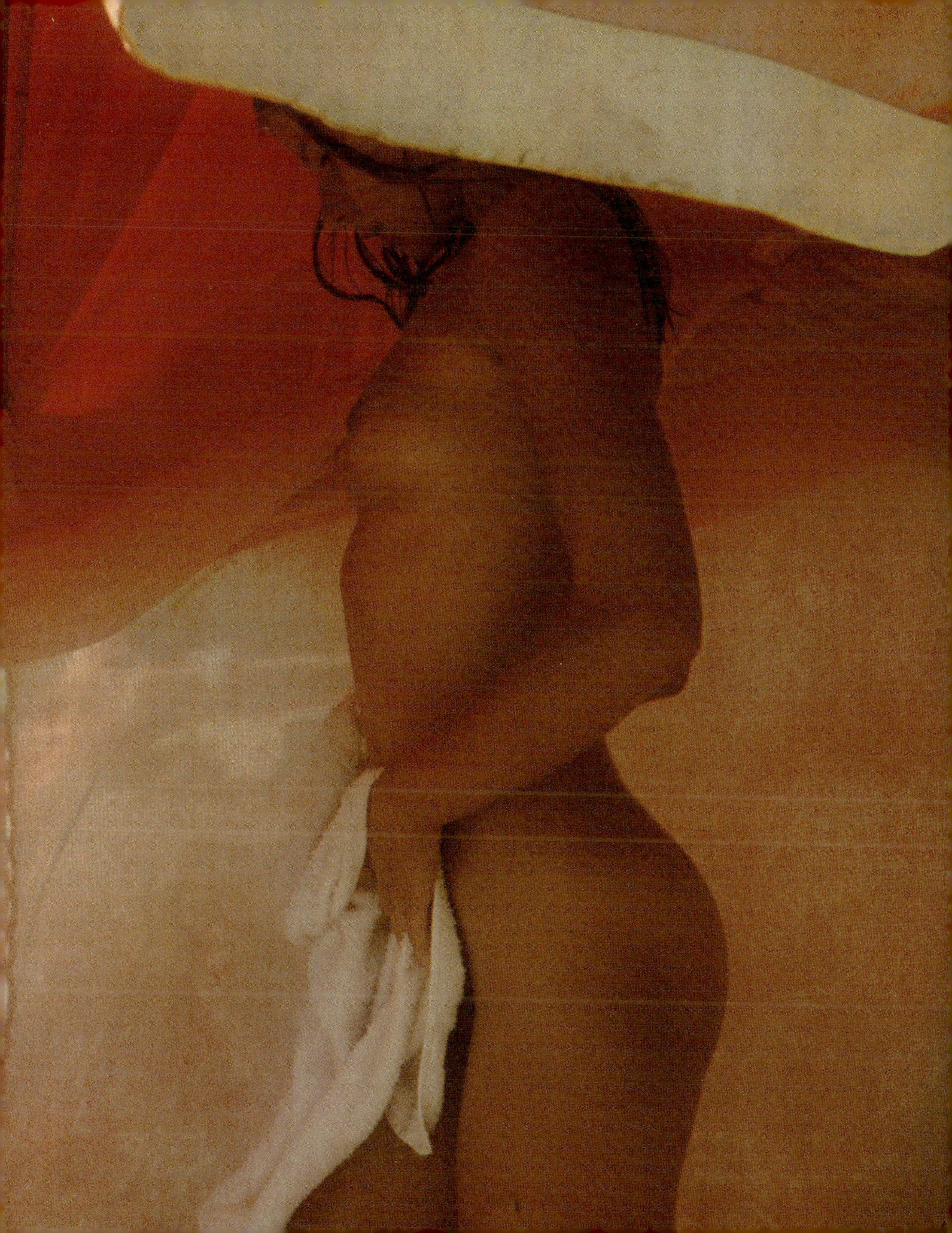

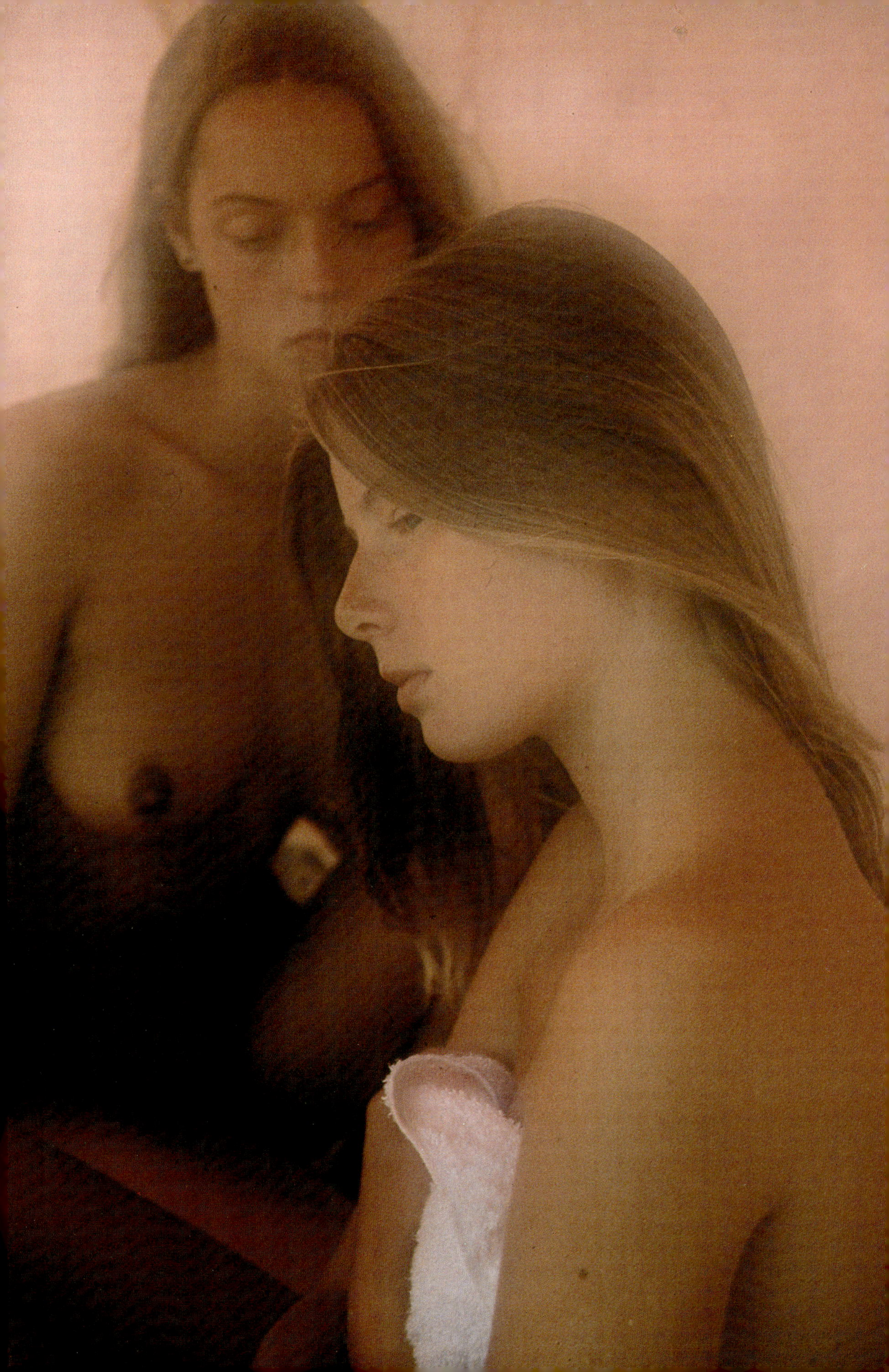

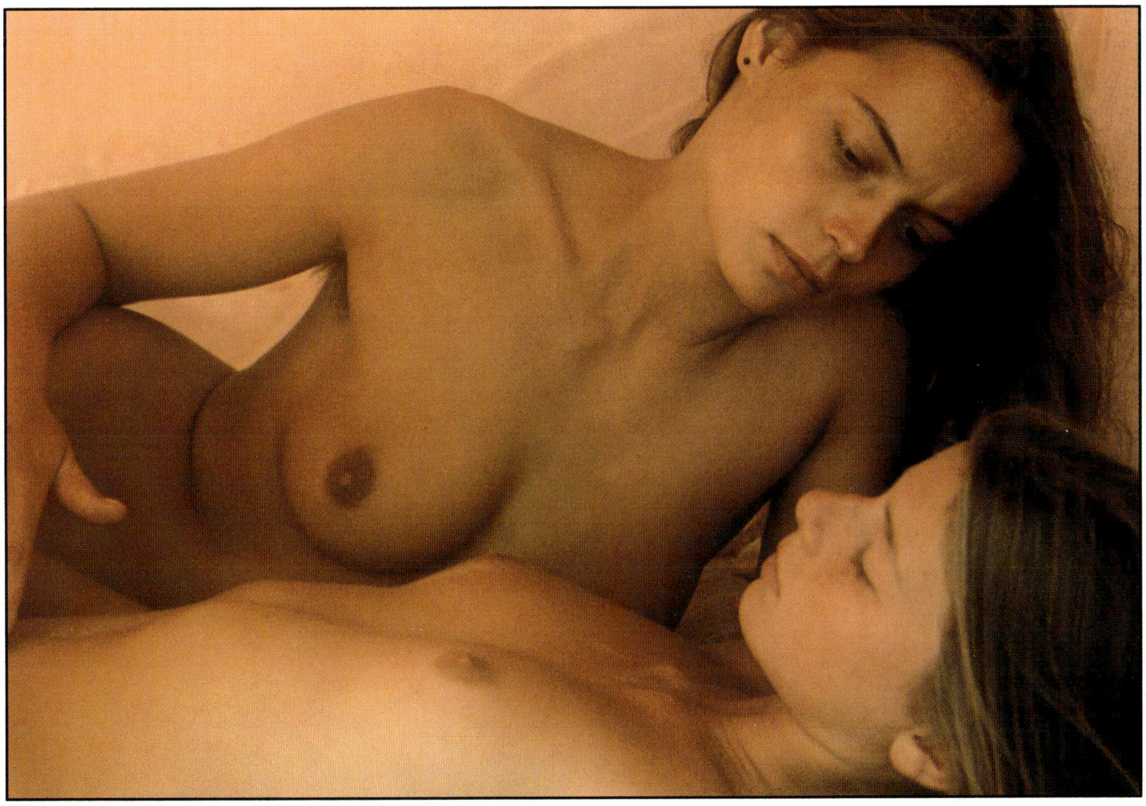

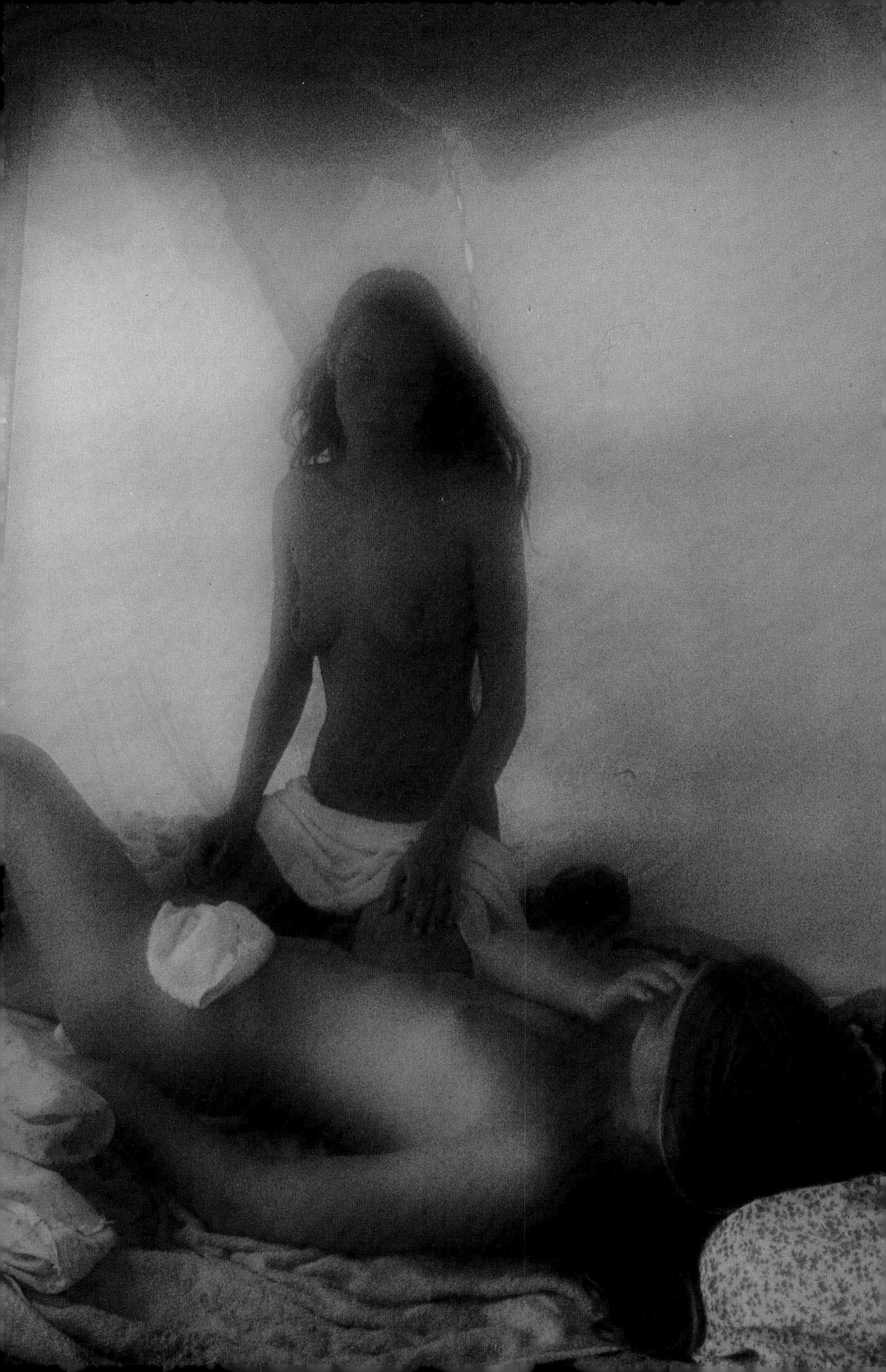

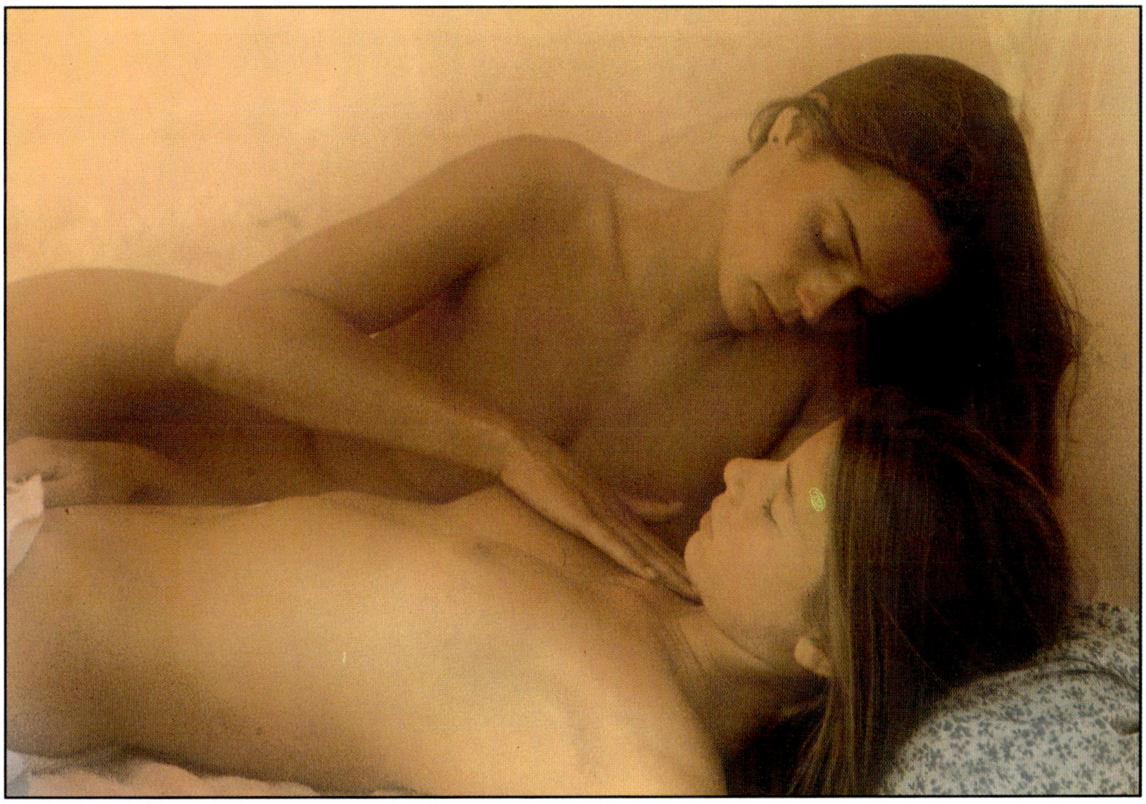

Terrassen und Dächer flimmerten wie ein großer Ofen aus goldenem Licht. Sie blickten zum Meer, erhoben sich und schlugen einen schmalen Pfad ein, der durch eine Allee aus weißen Ackerwinden unter einem Baldachin aus Geißblatt zum Wasser führte.

Der Schatten schien von den Steinen und aus den Ritzen gewichen zu sein, von wo die unerbittliche Sonne selten ihn vertreiben konnte. Anna zitterte unter dem Ansturm der Gefühle, die diese dufterfüllte Luft in ihr hervorrief, ihr Körper konnte sich dem Sonnenlicht nicht entziehen. Ihre Hände bebten vor Begierde zu lieben, zu berühren oder auch nur einen Zweig abzureißen, um daraus eine Krone für die üppige, wilde Haarpracht ihrer Freundin zu winden.

Sie fühlte die Tiefe der Erde unter ihren Füßen. Während sie den leichten Schritten Isobels folgte, faßte Anna eine tiefe Freundschaft zu ihr, wie sie es früher nie gewagt hätte. Ohne zu sprechen verstanden sie sich und hielten an. Anna berührte mit dem Finger leicht das Gesicht ihrer Freundinnen. Ihr verwegener Zeigefinger schob sich zwischen die feuchten Lippen des Mädchens.

Diese eigenartige Geste überraschte Isobel sehr. Anna beruhigte sie mit einem Lächeln, faßte sie um die Taille und führte sie zu einem kleinen Felsvorsprung, der ein paar Meter in eine kleine Bucht mit kristallklarem Wasser hinausragte. An der Spitze des moosbewucherten Felsüberhangs blieben sie stehen, um die winzige Bucht zu betrachten, die smaragdgrün und silbern wie eine Perlenmuschel zu ihnen heraufschimmerte.

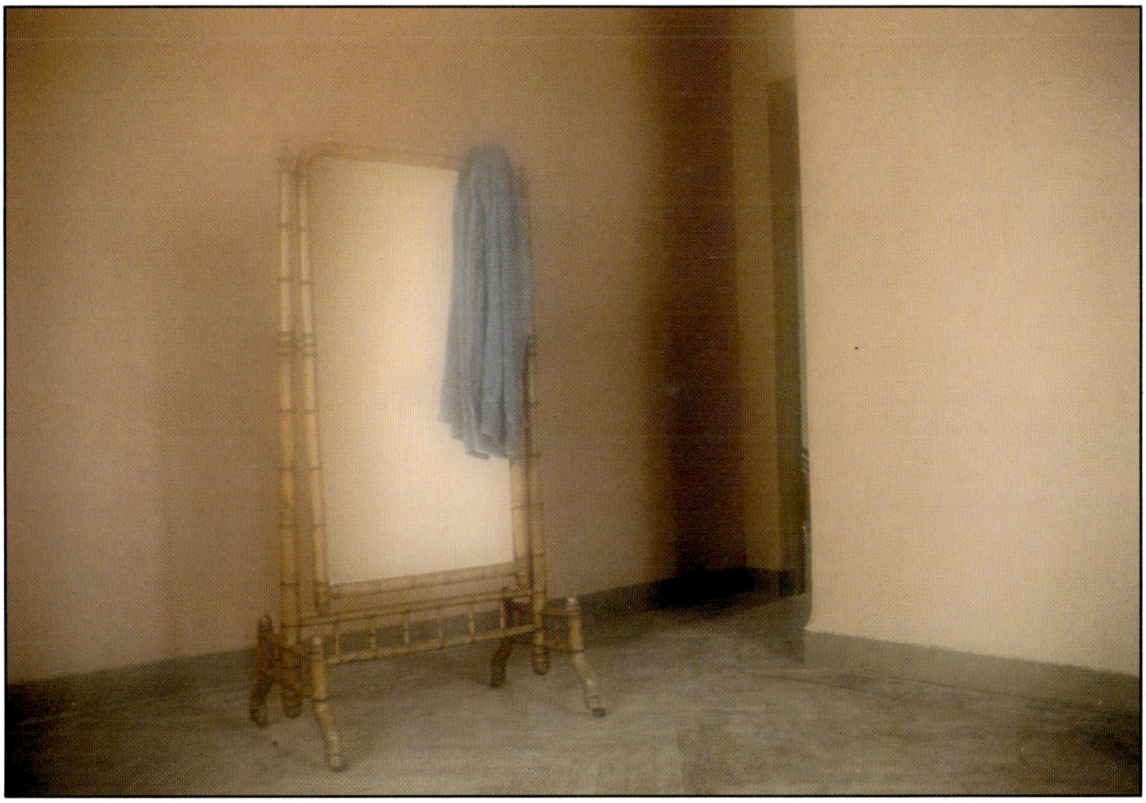

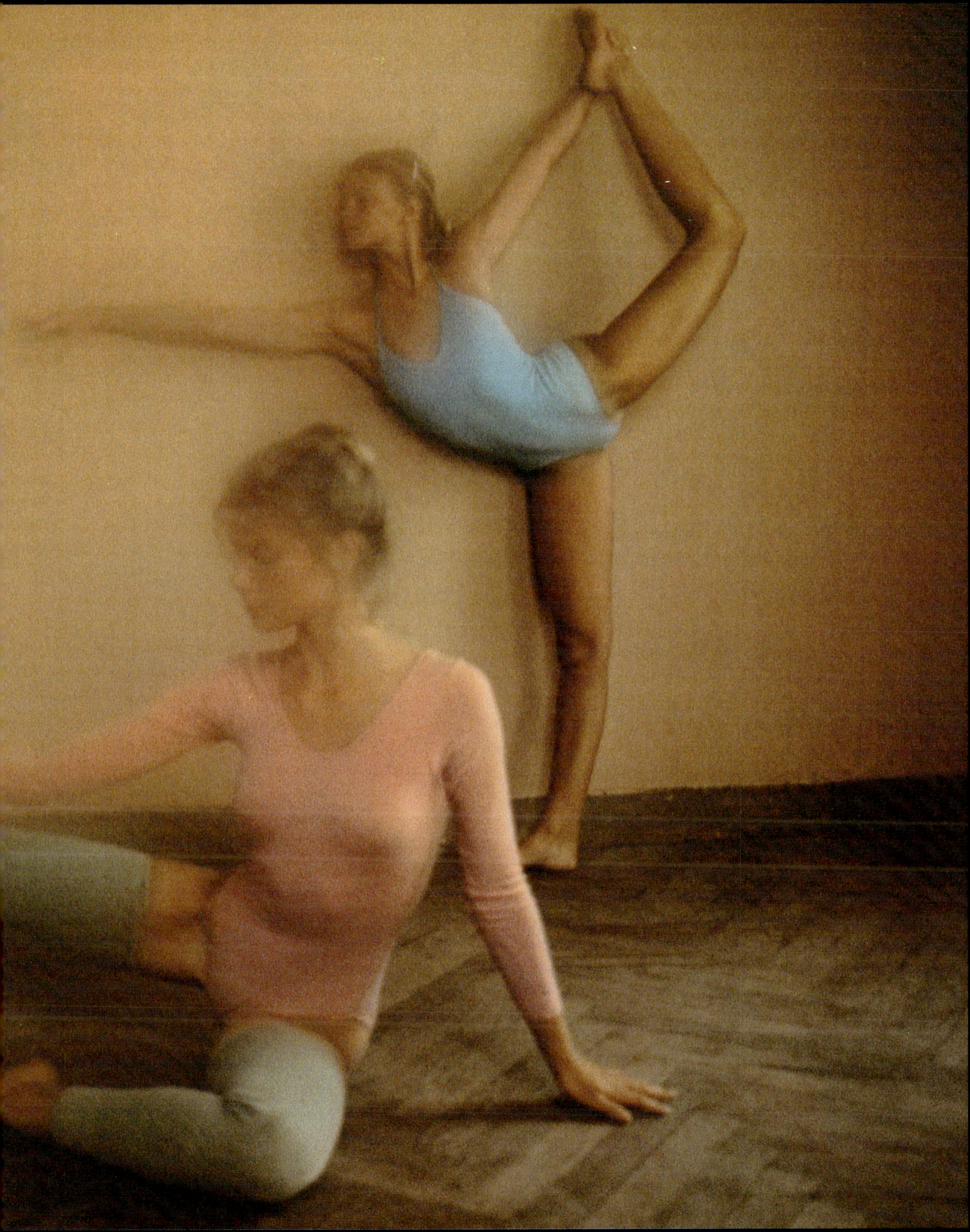

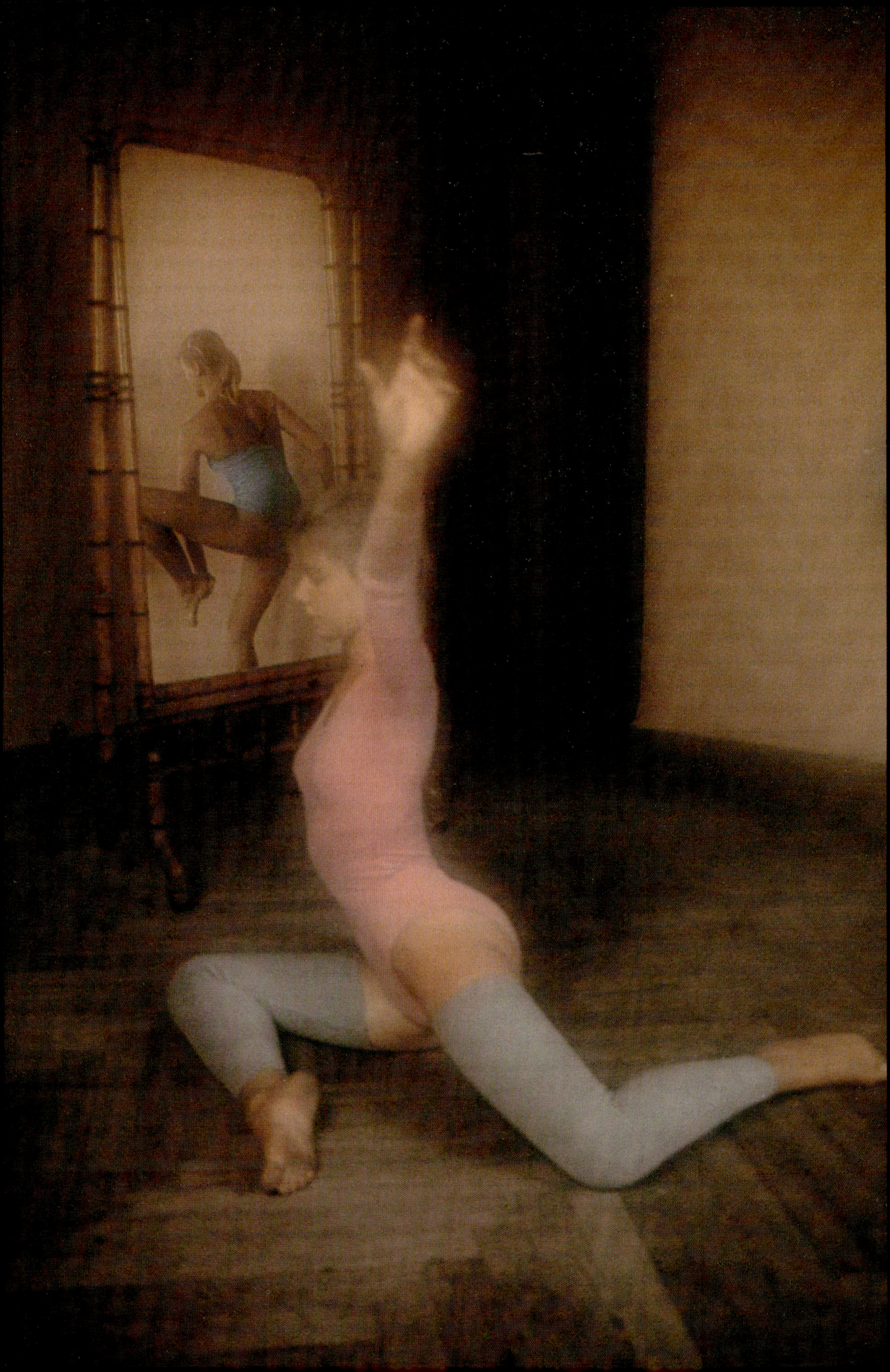

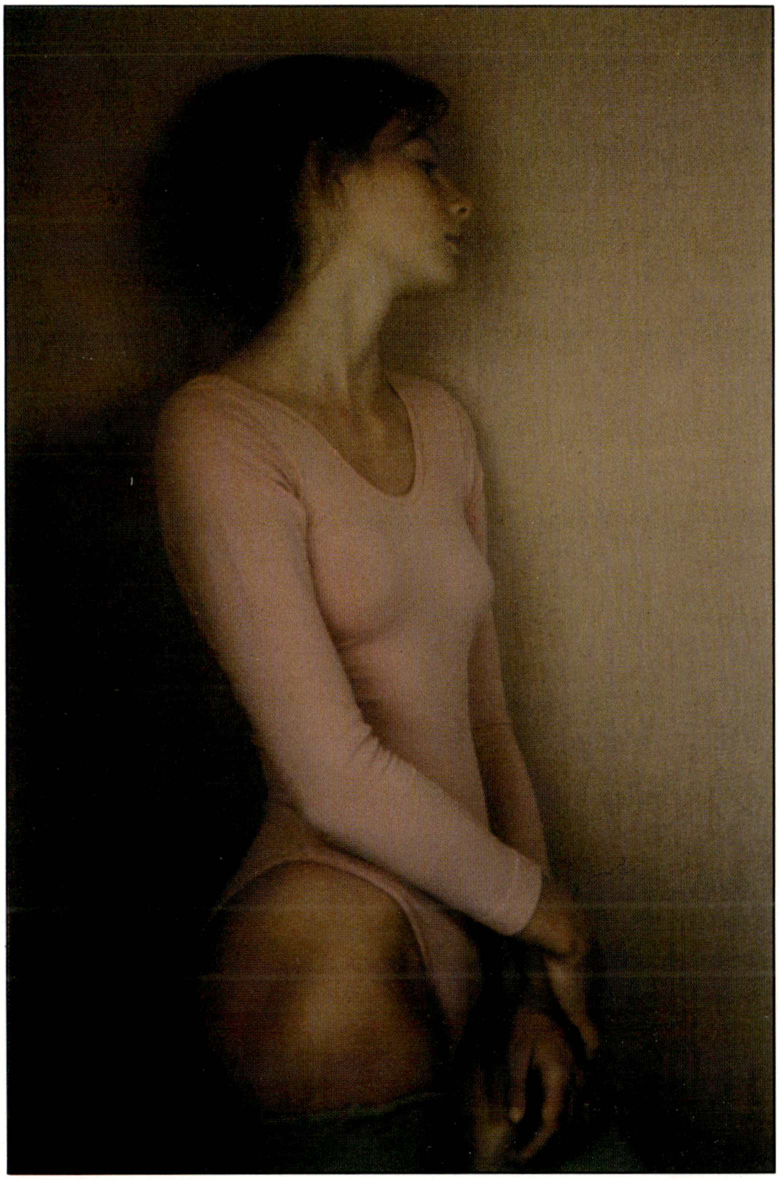

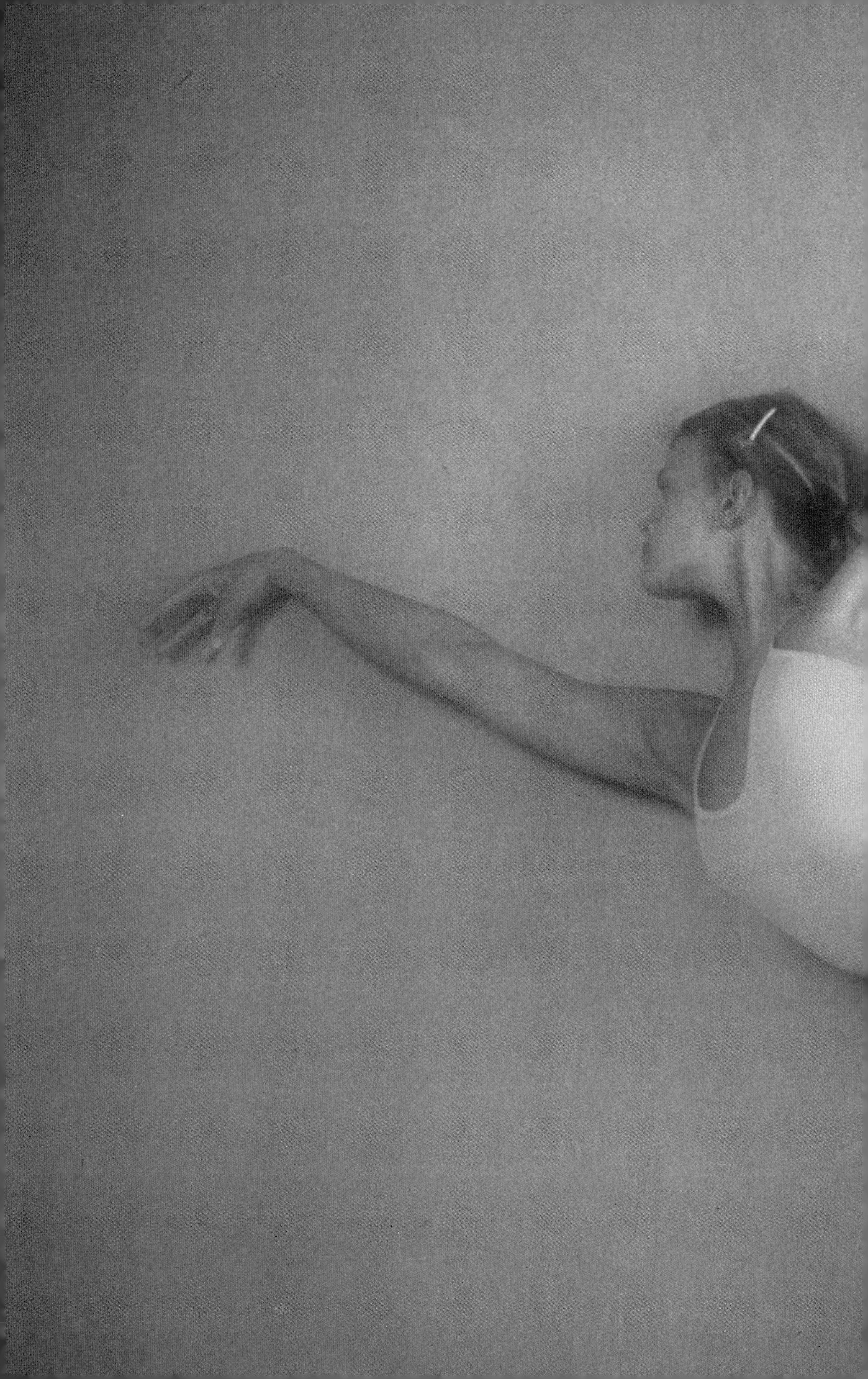

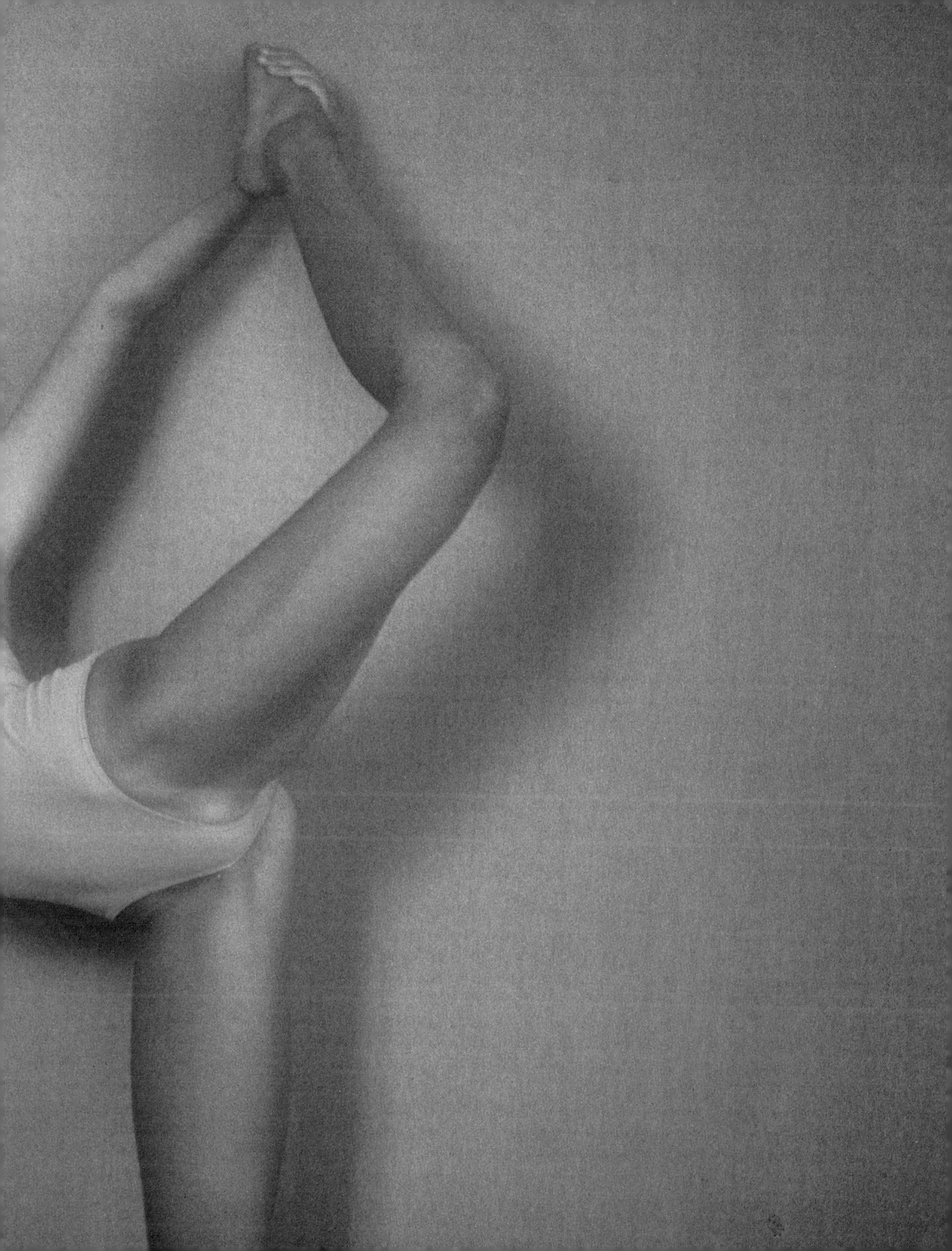

Heldengesang

Annas Hände liefen wieder über den zarten Körper ihrer Freundin. Diese gab sich ganz dem doppelten Genuß von Augen und Empfindung hin, bereit, noch mehr zu geben. Anna spürte, welche Macht sie über ihre Freundin bekam, streifte Isobel das leichte Kleid von den Schultern. Trotz sengender Sonne zitterte der nackte Körper des Mädchens, ungeschützt war er nun dem trockenen Streicheln der Meeresbrise ausgesetzt.

Kaum hatte sie sich daran gewöhnt, als Annas Hände sich auf ihren Rücken legten und sie mit einem kräftigen Stoß in die Leere stießen, die sich vor ihr auftat. Ein Ausdruck des Schreckens verzerrte ihr Gesicht, als sie unhaltbar ins Meer fiel. Sie konnte nicht einmal mehr schreien.

Anna hatte das lustvolle Gefühl, etwas Verrücktes getan zu haben, gleichzeitig aber quälte sie die Unsicherheit: »Wird Isobel das überleben?« Das hatte sie nicht gewollt. Sie hatte den Körper ihrer Freundin ganz besitzen wollen. Seltsamerweise hatte sich dieser Wunsch in ihrem Kopf in eine verhängnisvolle Geste verwandelt. Hatte sie ein Verbrechen begangen? Anna zweifelte an sich selbst. Vielleicht sollte sie auch verschwinden, einen Schritt ins Leere tun und in den blauen Abgrund fliehen. Sie trat zitternd nach vorn und ließ sich fallen. Hätte ein Spaziergänger sie vom Hügel weiter oben beobachtet, er wäre alarmiert herbeigerannt voller Angst, womöglich die Leiche eines Kindes mit aufgeschlitztem Bauch über den Felsen hängend zu finden...

Aber alles war nur ein Spiel. Der Sturz war nicht so schrecklich: kaum fünf Meter, und die Mädchen tauchten in grünschimmerndes, kristallklares Wasser. Nach dem Sprung fanden sie sich an der Oberfläche wieder, umarmten sich und lachten fröhlich über diesen Spaß: »Hast du den Mann oben am Hügel gesehen?« fragten sie einander. »Der ist ganz weg! Bestimmt rennt er jetzt herunter und will den großen Lebensretter spielen!« Anna lachte. Isobel schaute sie fasziniert an und gestand aufgewühlt: »Anna, ich liebe dich.« Sie küßten einander und schwammen zu einem Fels an der Wasseroberfläche.

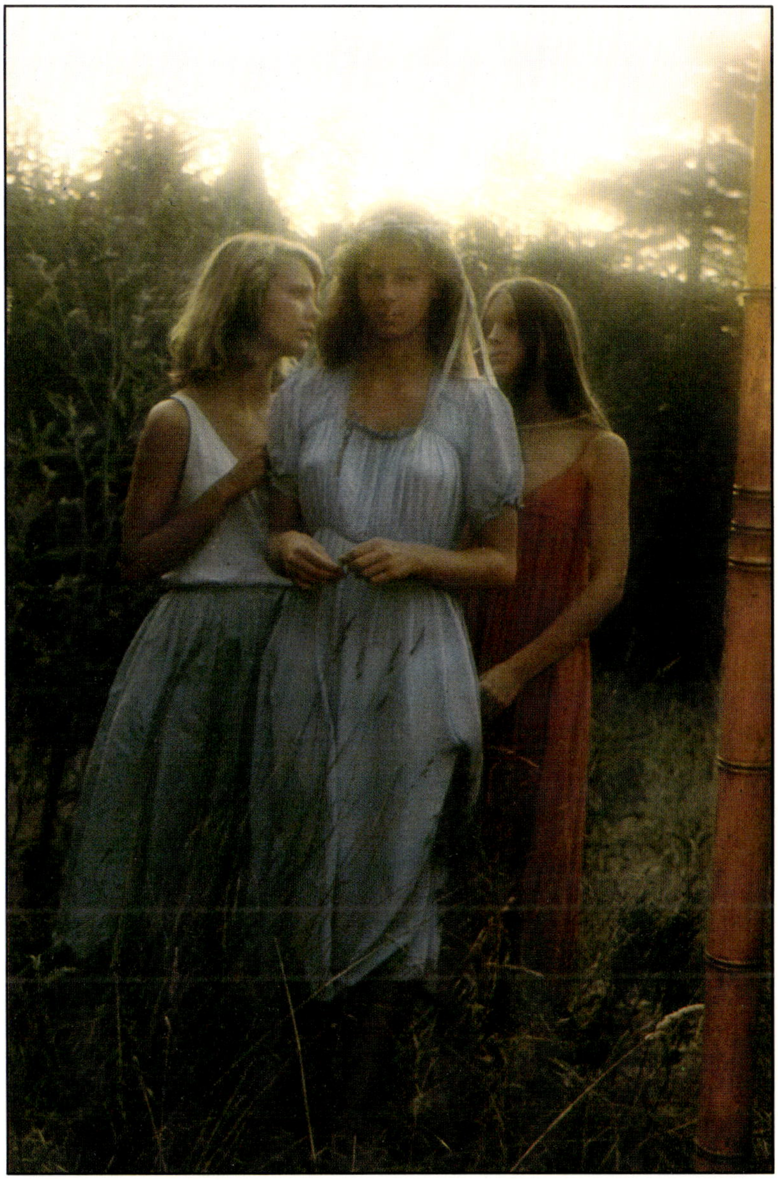

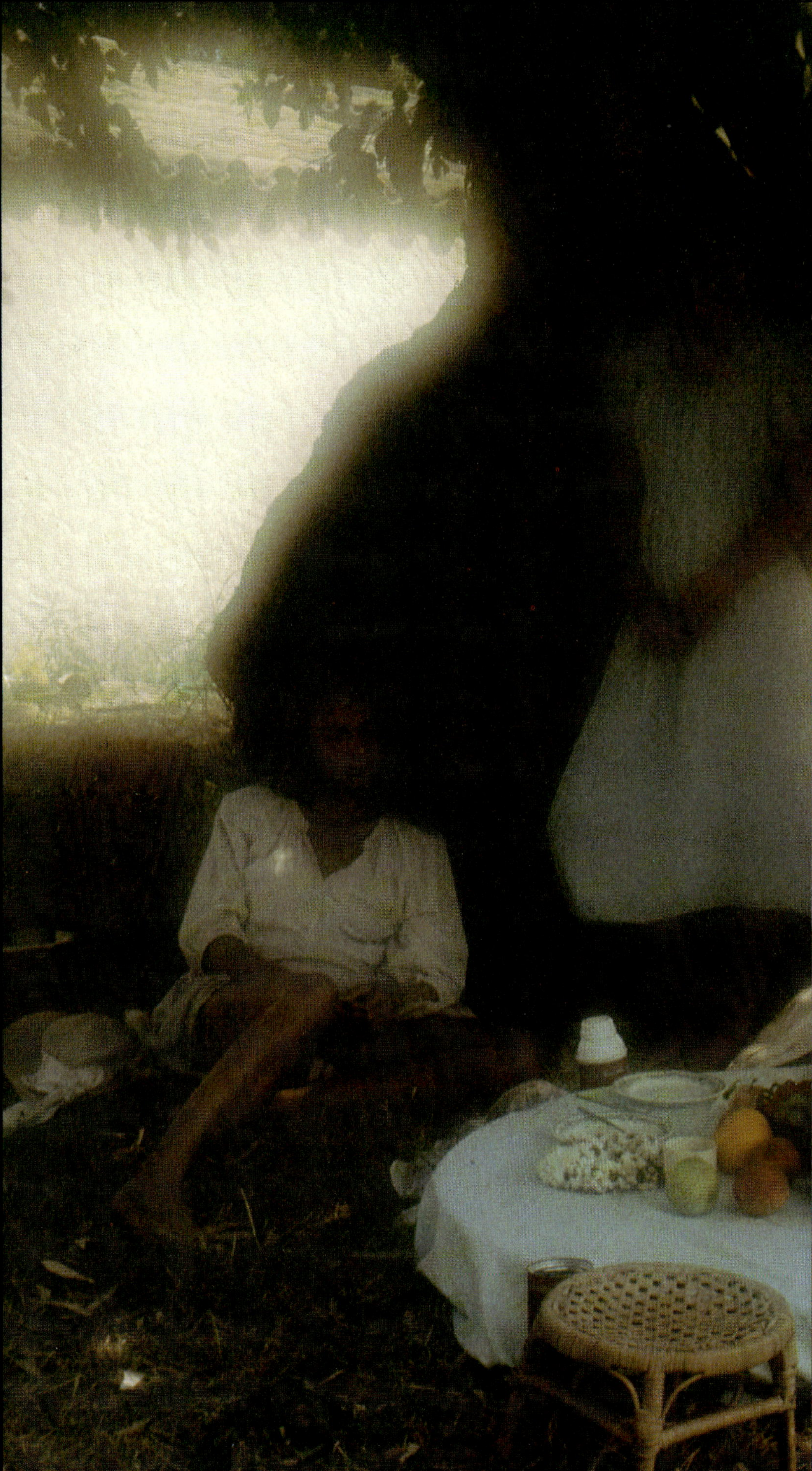

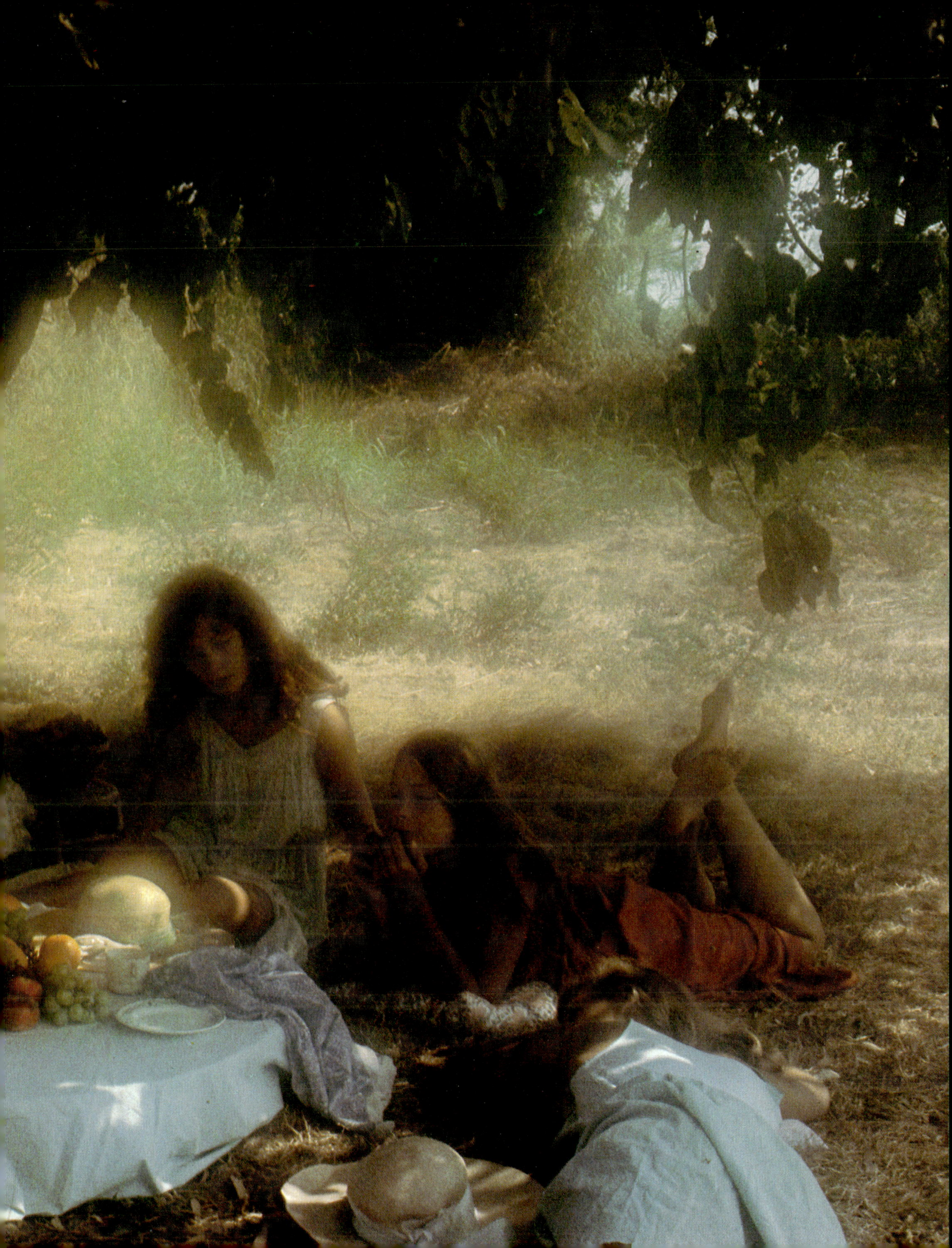

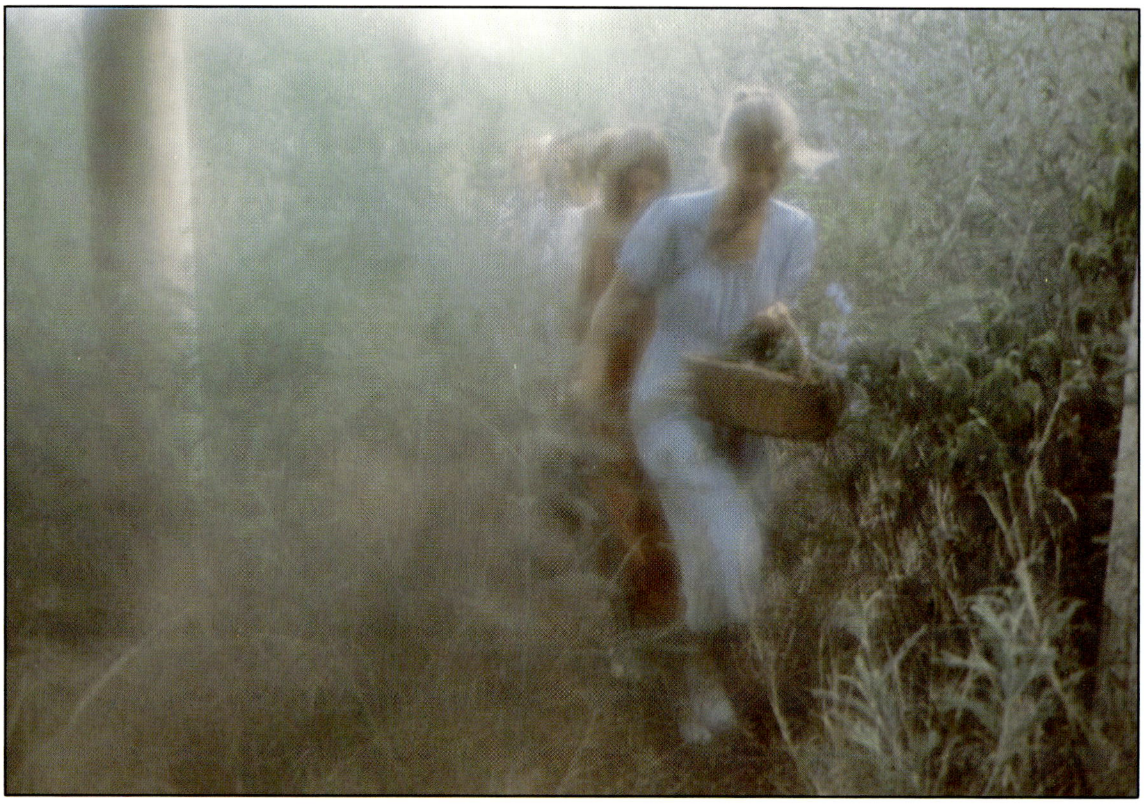

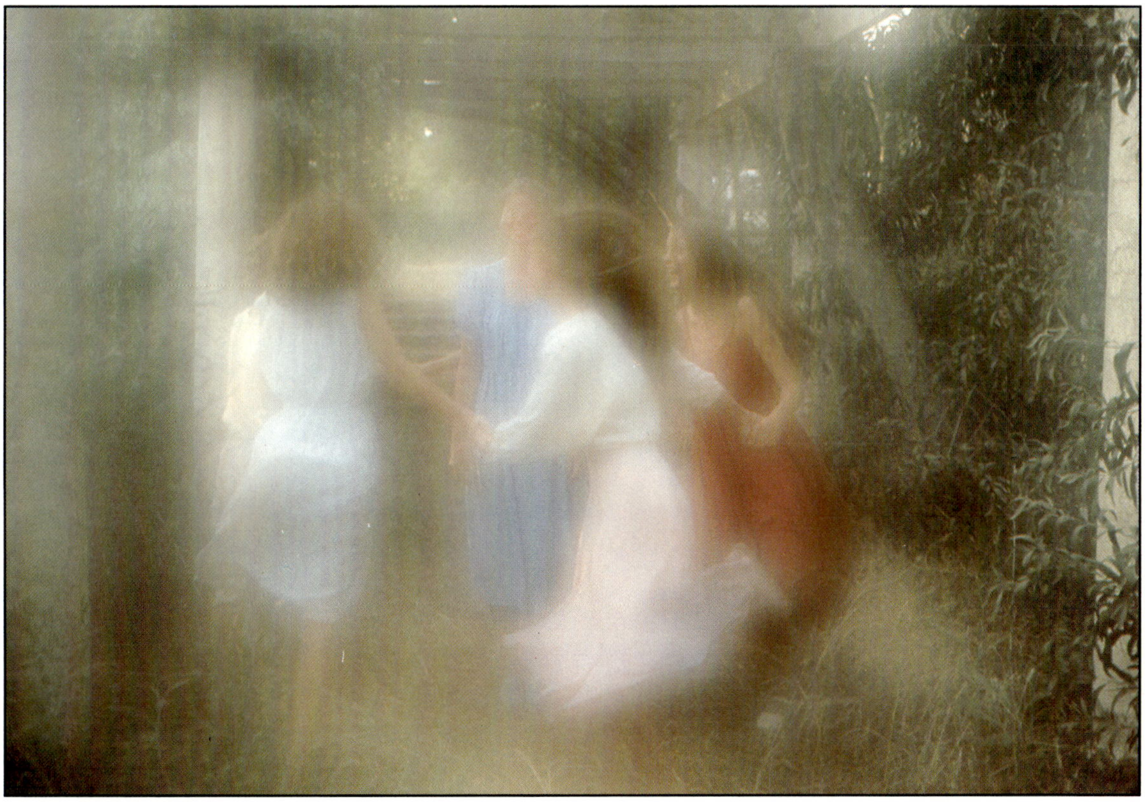

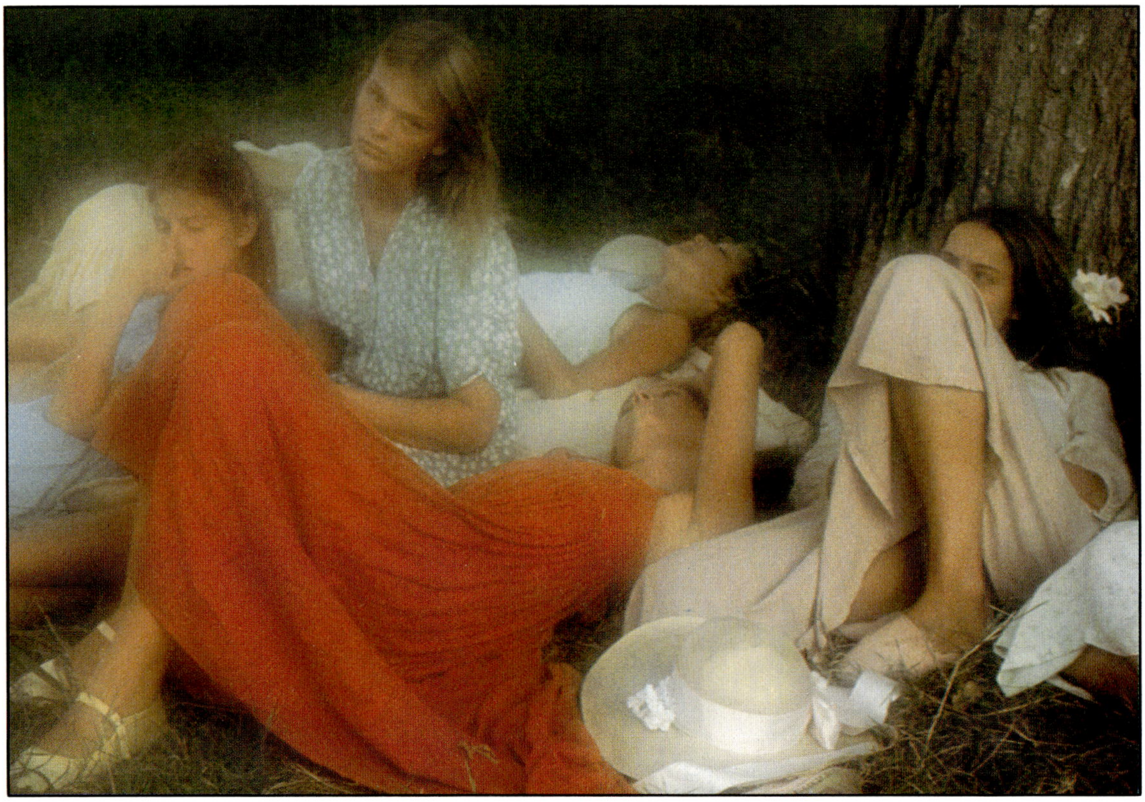

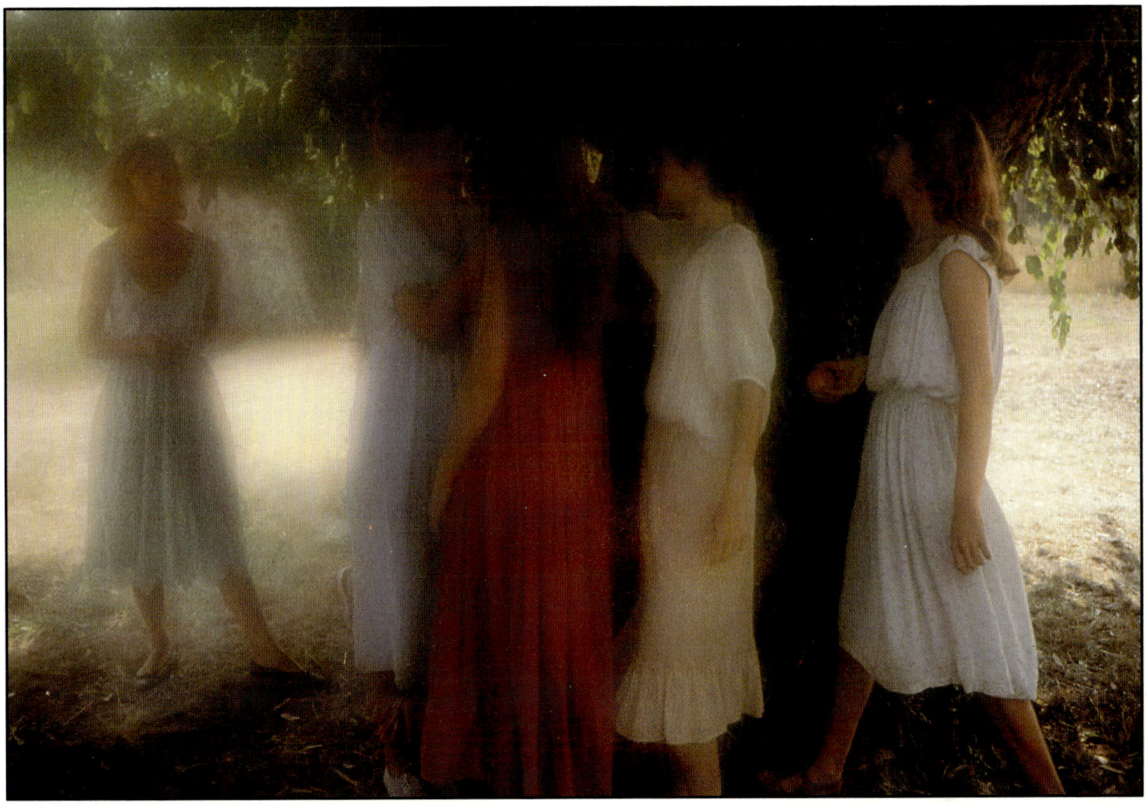

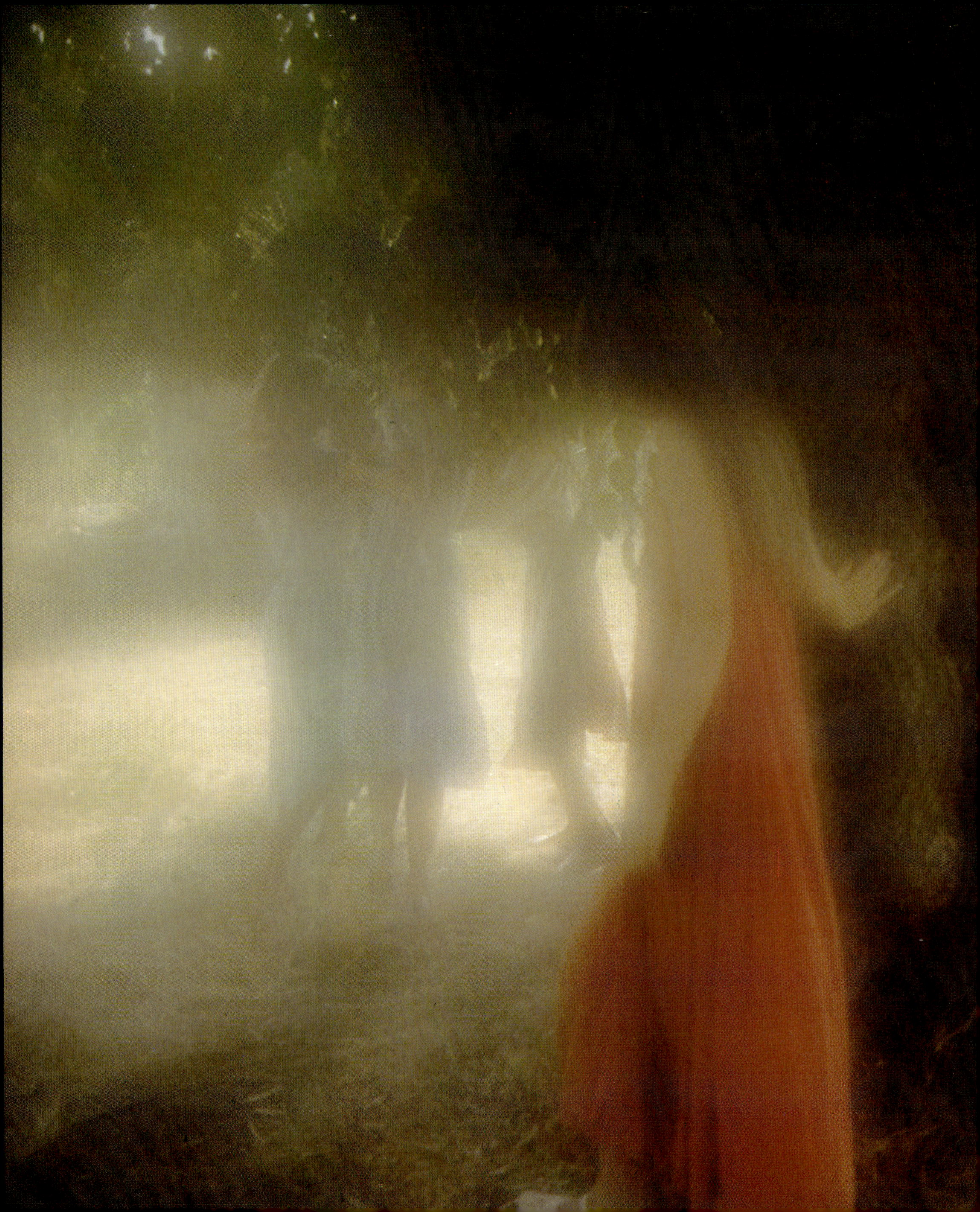

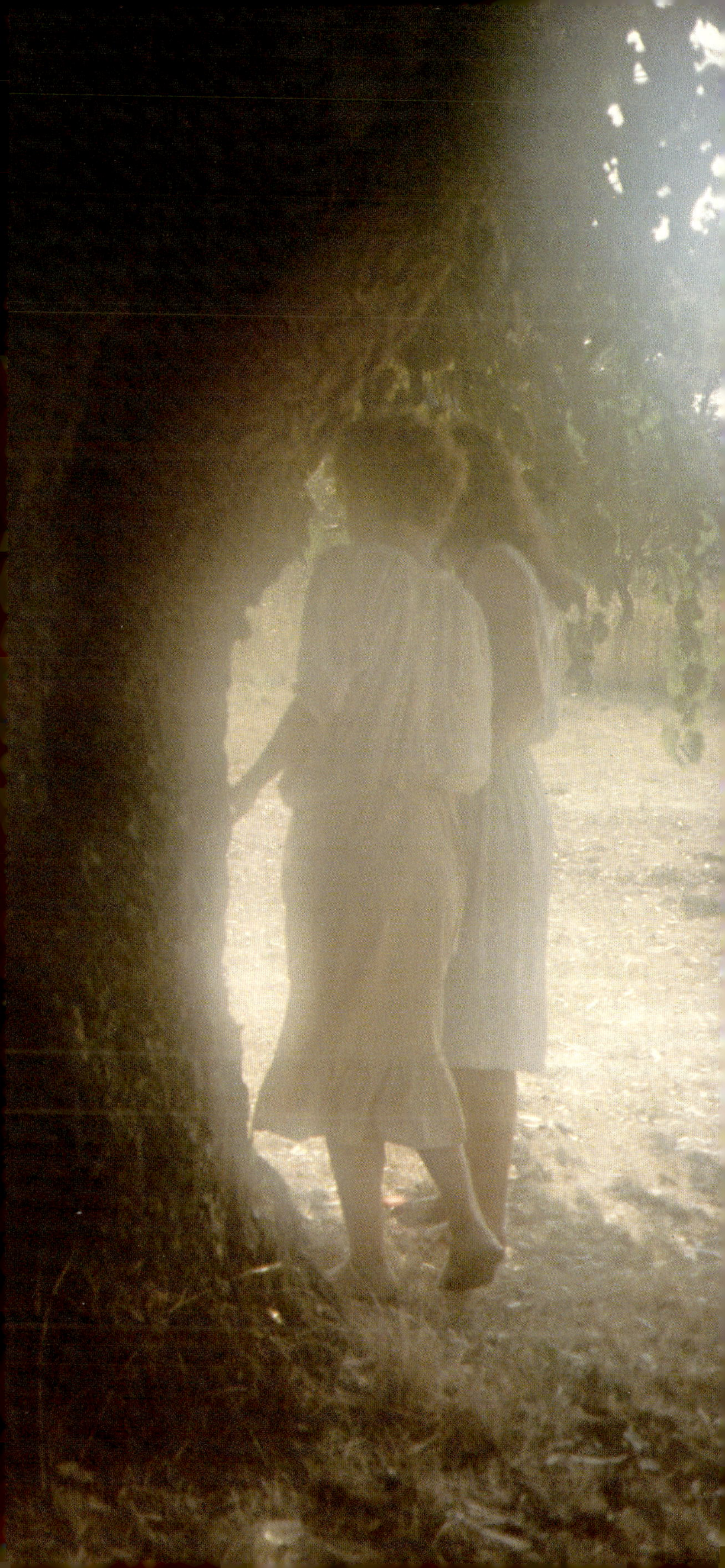

Drehspaß

David Hamilton haben die Dreharbeiten für den Film »Ein Sommer in Saint Tropez« besonderes Vergnügen bereitet. Er konnte dabei sehr frei arbeiten und sich filmisch genauso spontan ausdrücken wie in seinen Fotografien. Einerseits unterlag dieser Film nicht den Zwängen eines Drehbuchs mit Dialogen, Szenenfolgen, Szenenaufbau oder Passagen, die zum Verständnis einer Erzählung beitragen müssen, jedoch vom ästhetischen Standpunkt aus nicht immer interessant sind. Andererseits war dieser Film, der in 16 mm mit einem relativ kleinen Team aufgenommen wurde, so leicht zu drehen wie eine Reportage und trotzdem entstanden Bilder von sehr hoher Qualität. Die mitwirkenden Mädchen waren alle Schülerinnen in Ferien, die keinerlei schauspielerische Ausbildung oder Erfahrung hatten. Gedreht wurde an wirklichen Schauplätzen, wenn nötig wurden sie für den Film etwas verändert, aber immer nur mit einfachsten Mitteln: Gardinen an den Fenstern, eine Matte auf dem Boden, ein oder zwei kleine Möbelstücke, ein paar Blumen. Alle Bilder dieses Buches, die während der Dreharbeiten zum Film entstanden, beweisen, wieviel man aus Wenigem herausholen kann: eine Wand mit schöner Patina, ein schlanker Baum, die Bogenlinie eines Hügels...

Alles ist stilgerecht: die richtige Tageszeit, um das beste Licht in der Morgen- und Abenddämmerung einzufangen, die passende Farbe eines Stoffes oder einer Mauer zu der goldenen Haut der Mädchen.

Durch seine große Stilsicherheit erzielt Hamilton perfekte Resultate mit den einfachsten Mitteln und in kurzer Zeit: der einstündige Film wurde tatsächlich in nur zwei Wochen und mit einem zehnköpfigen Team gedreht, eine bemerkenswerte Leistung, wenn man bedenkt, daß ein anderthalbstündiger Film normalerweise sieben Wochen Drehzeit und ein Vierzig-Mann-Team benötigt.

105

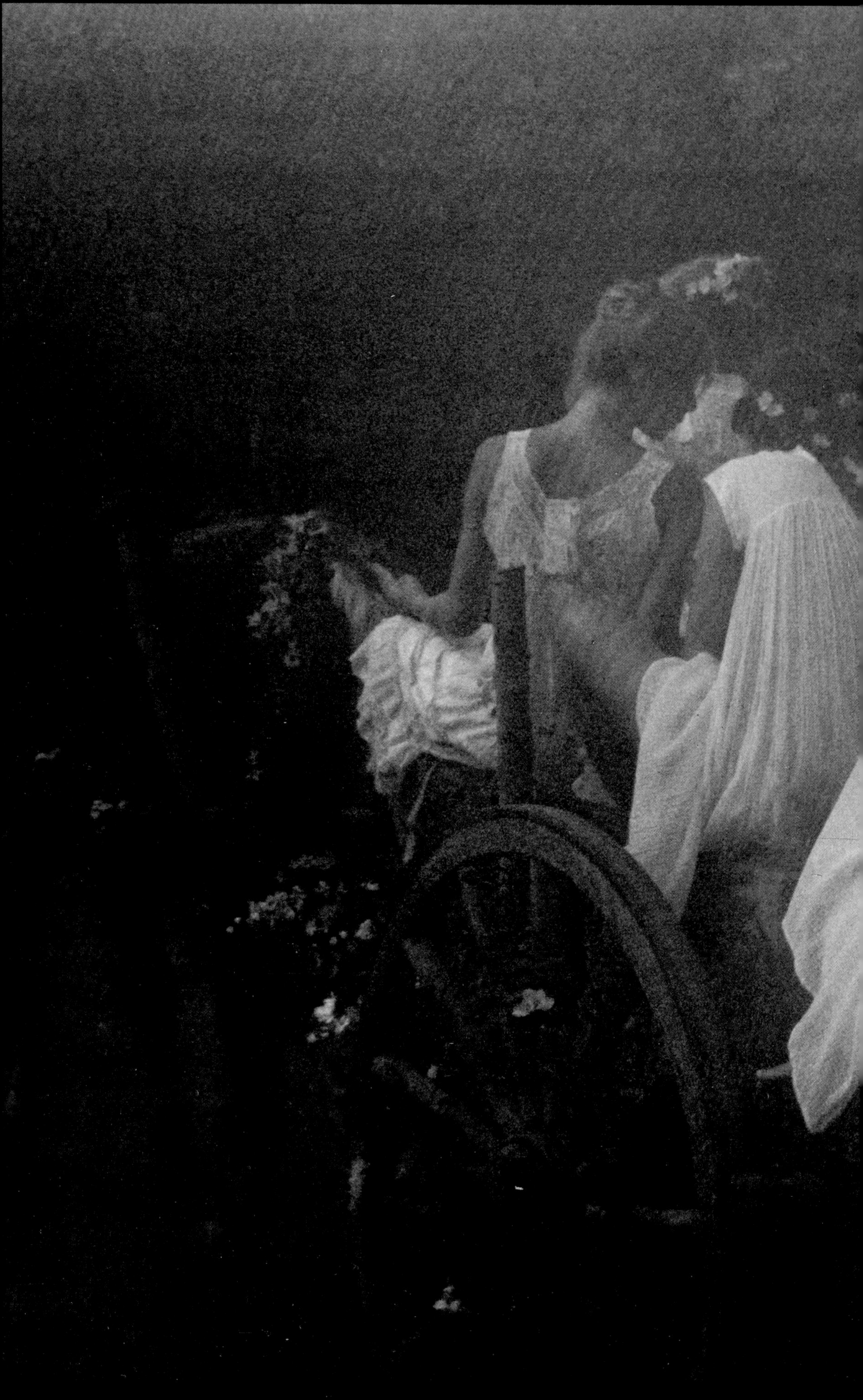

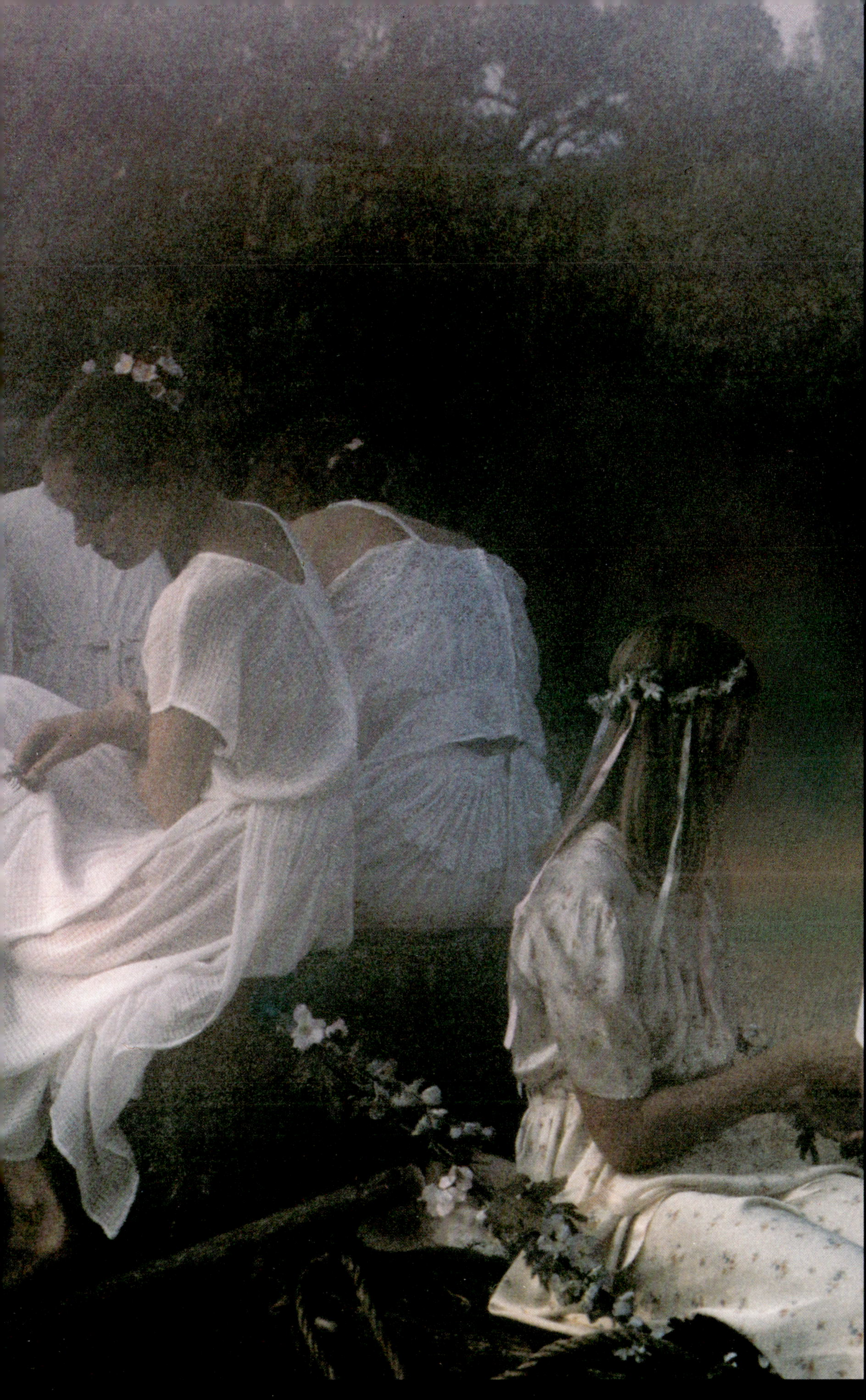

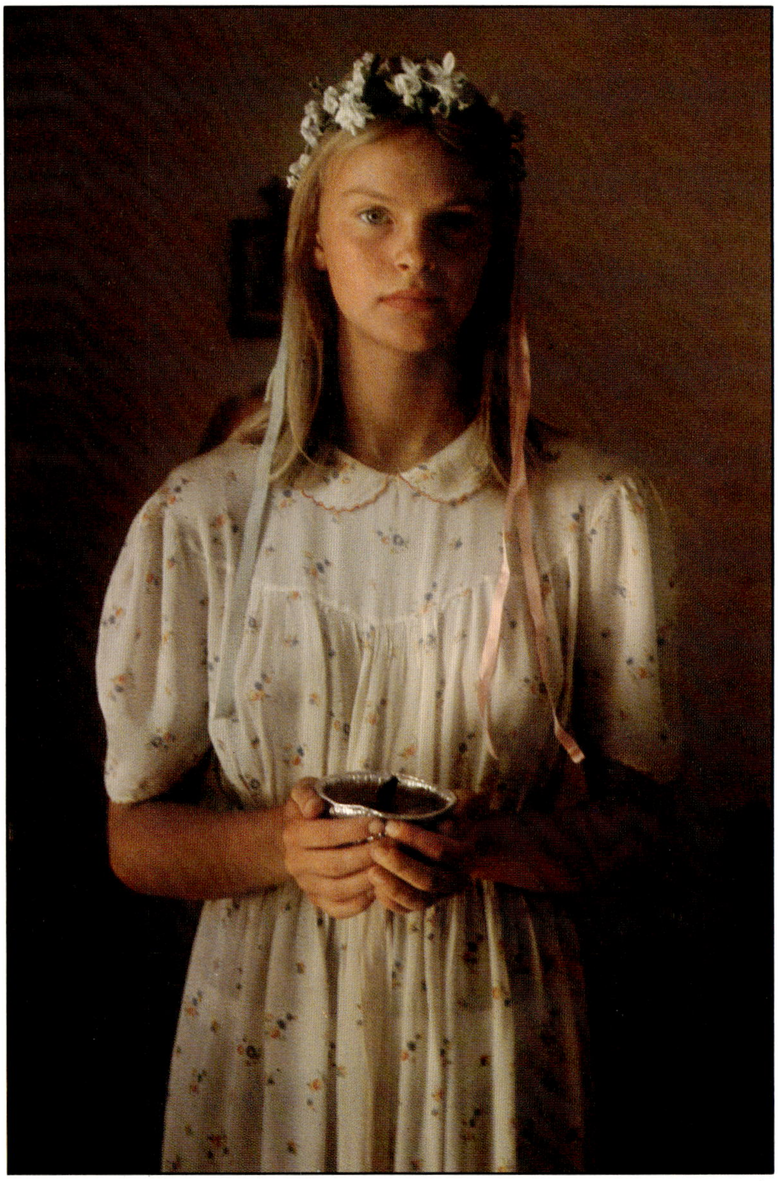

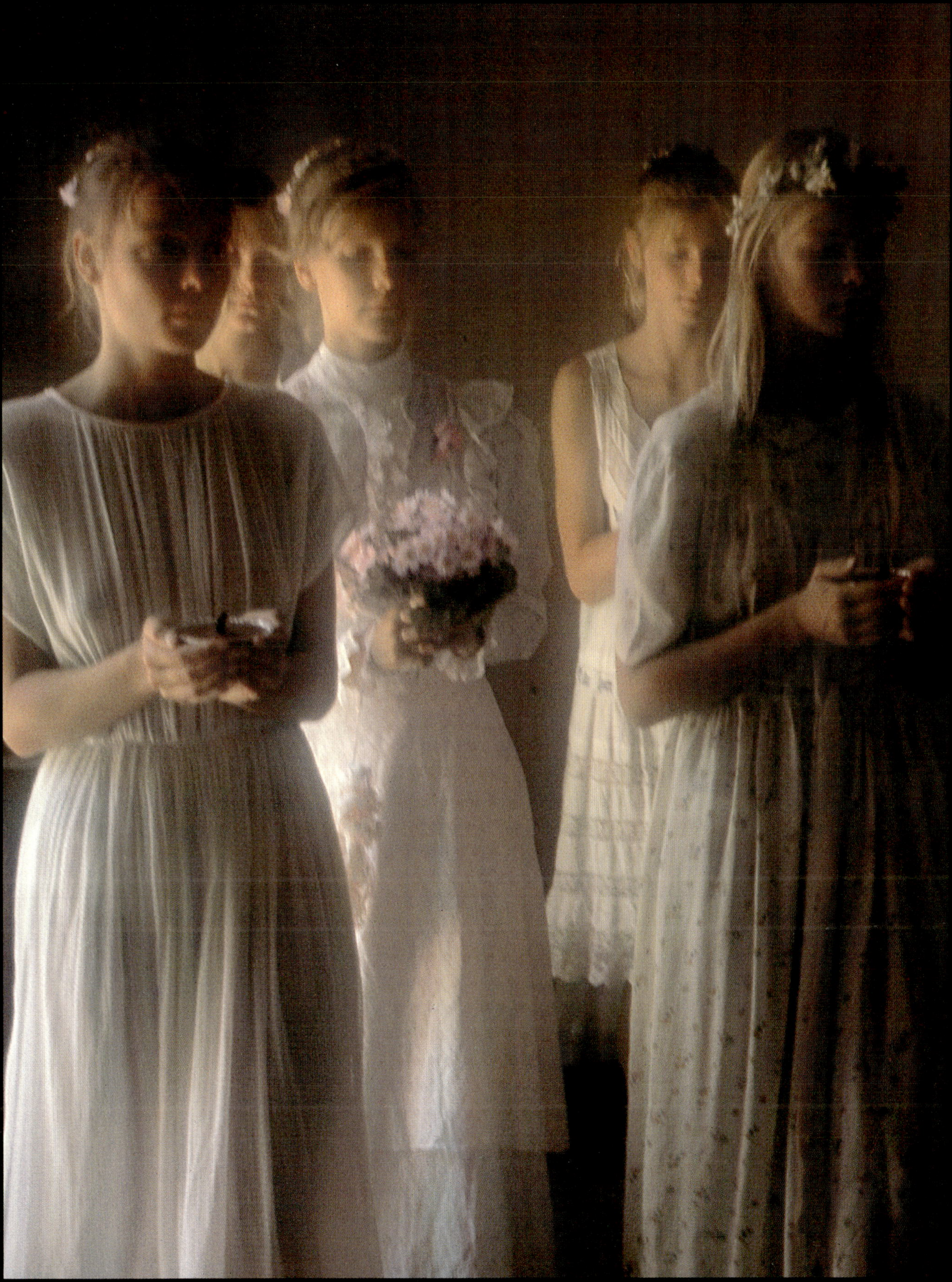

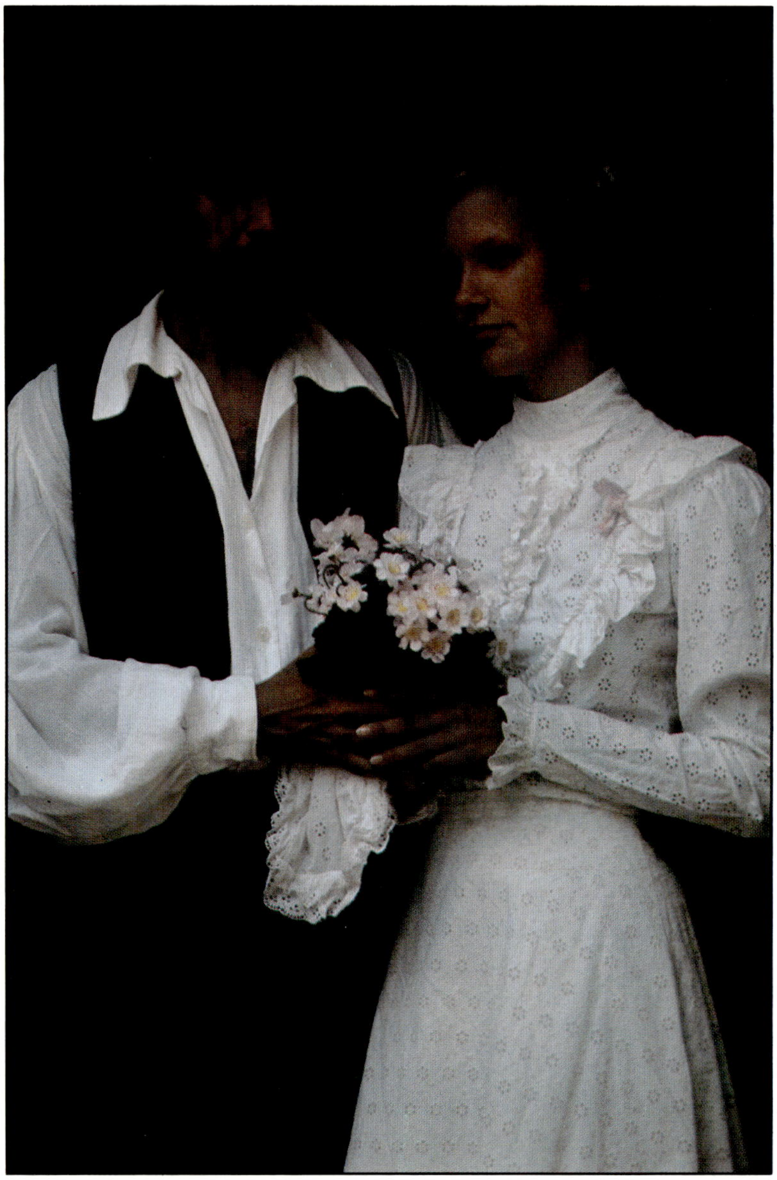

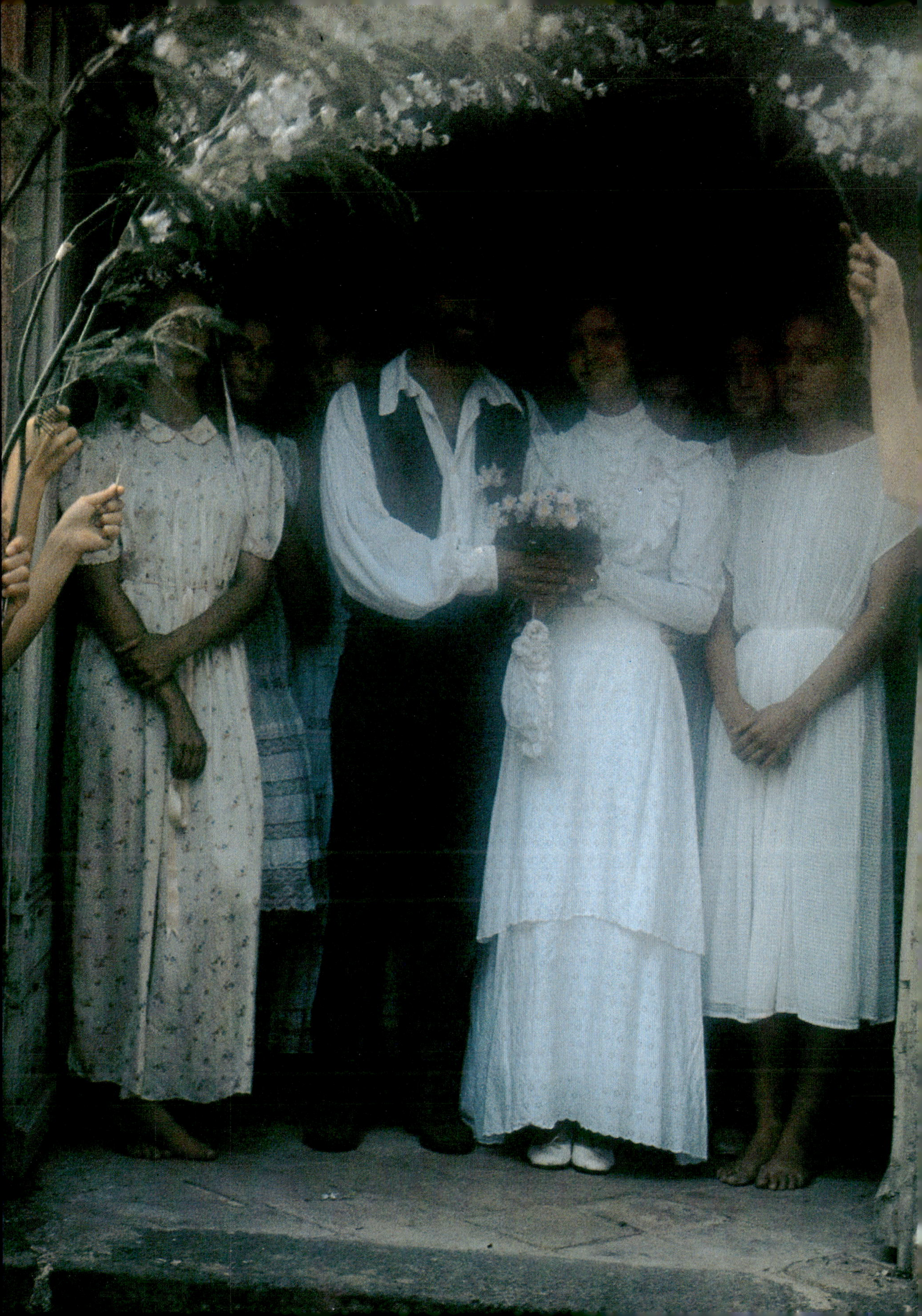

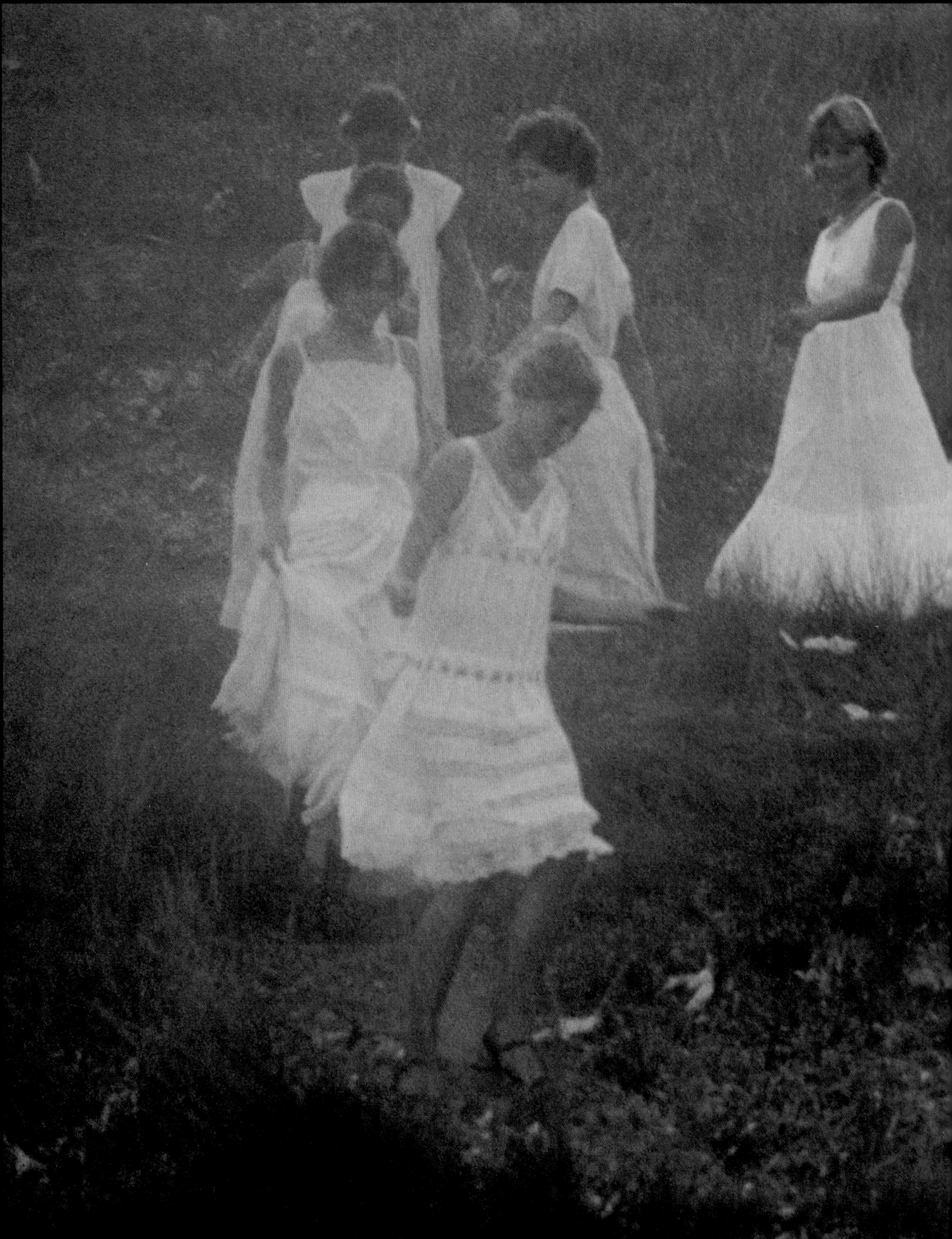

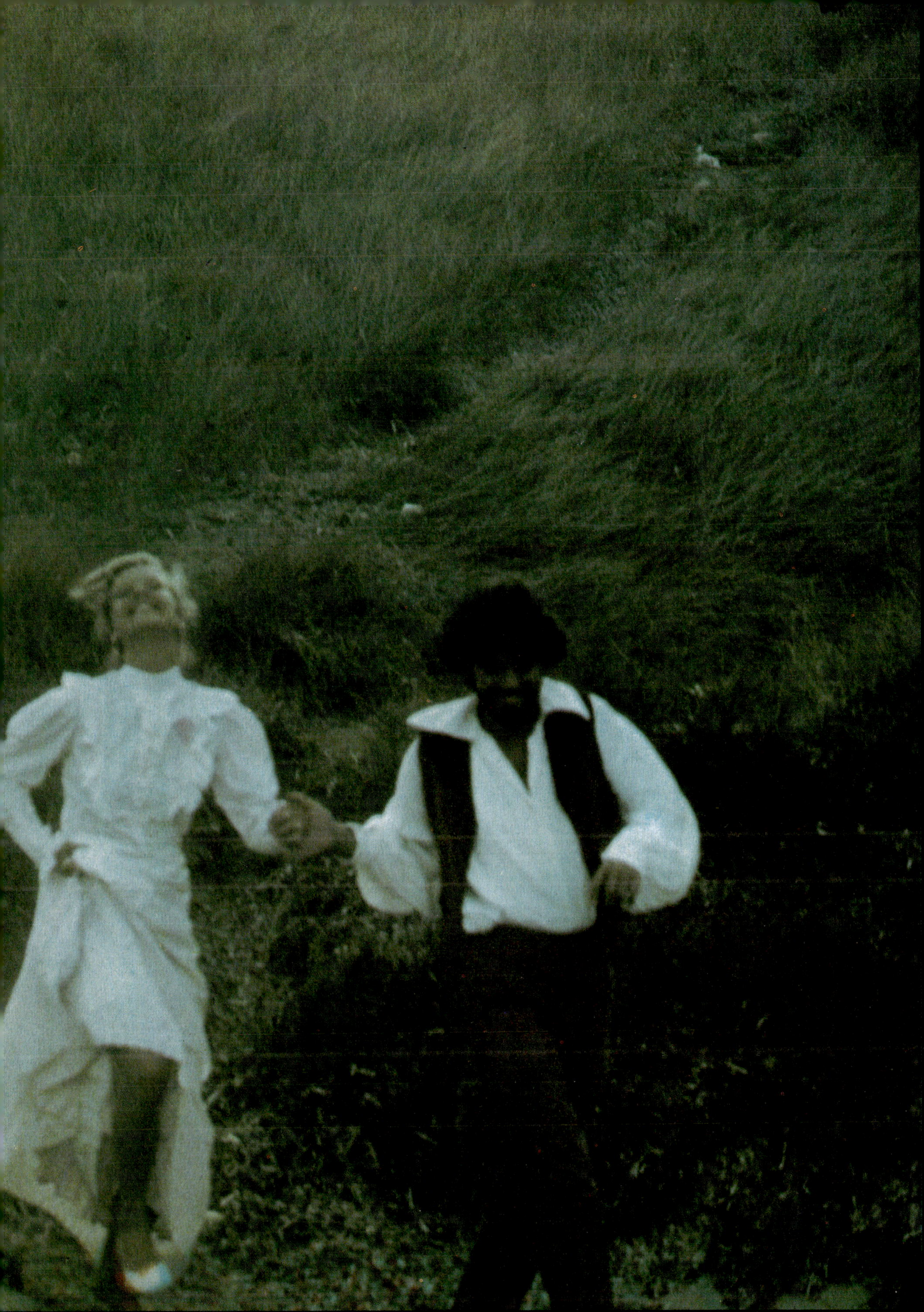

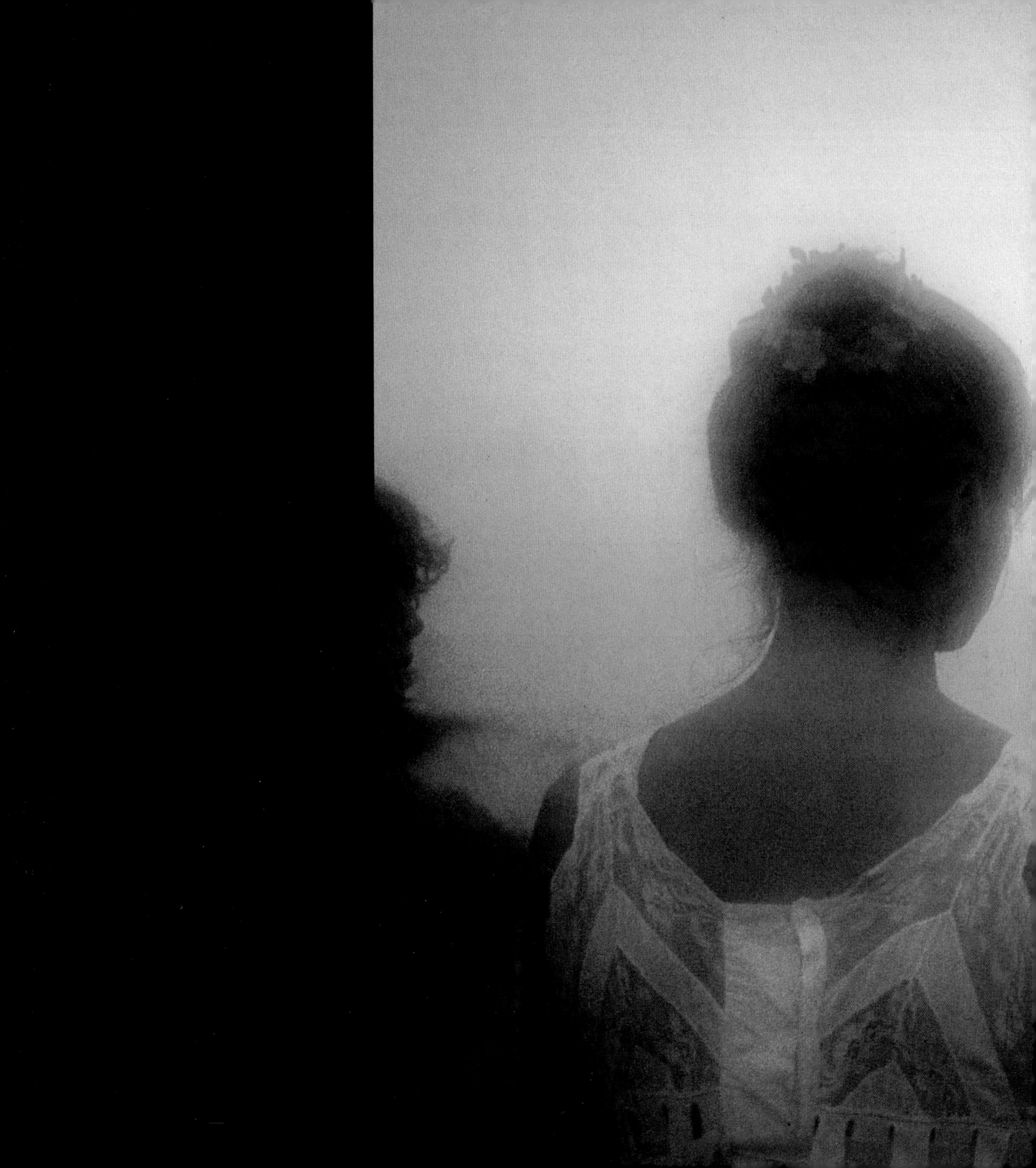

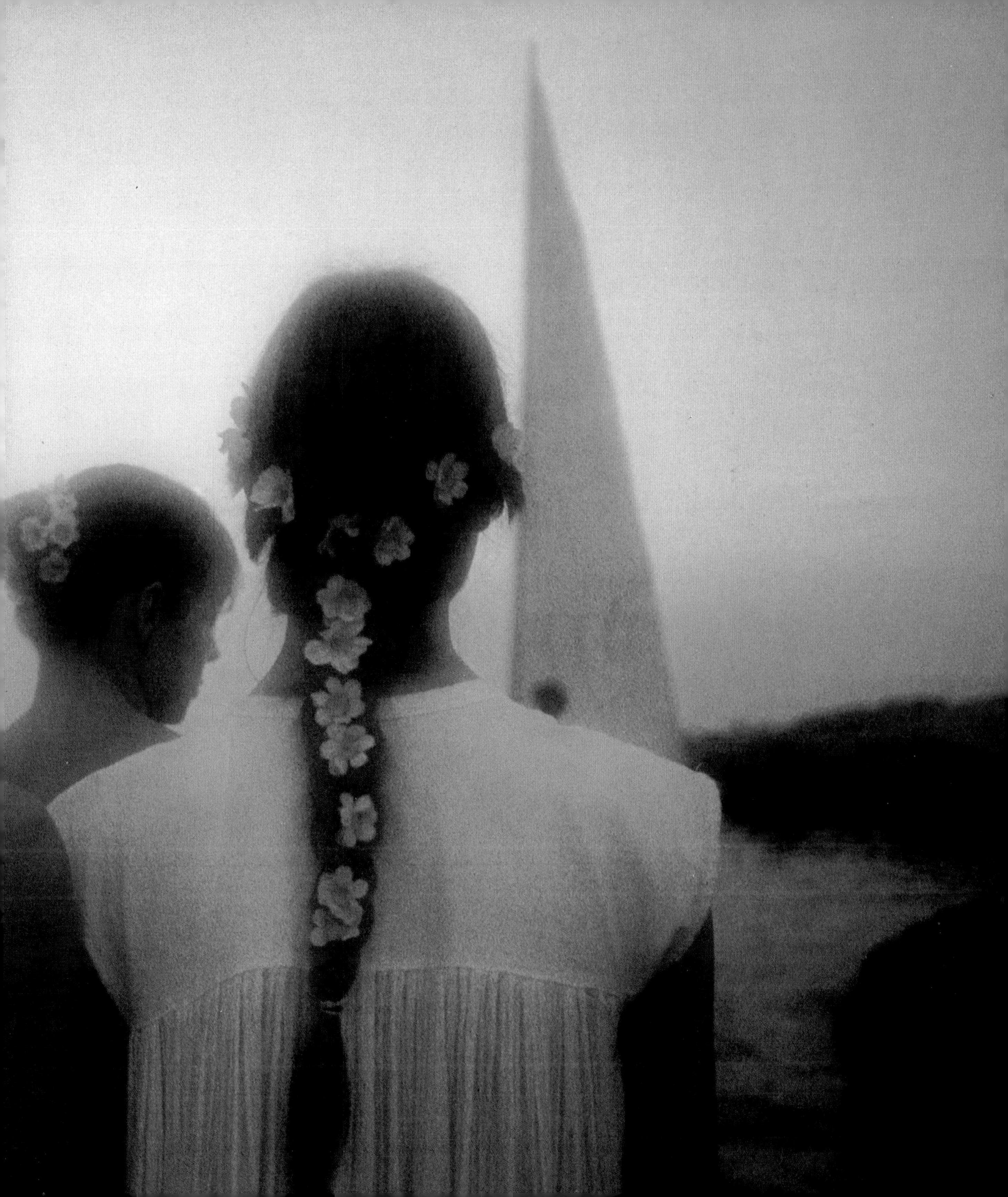

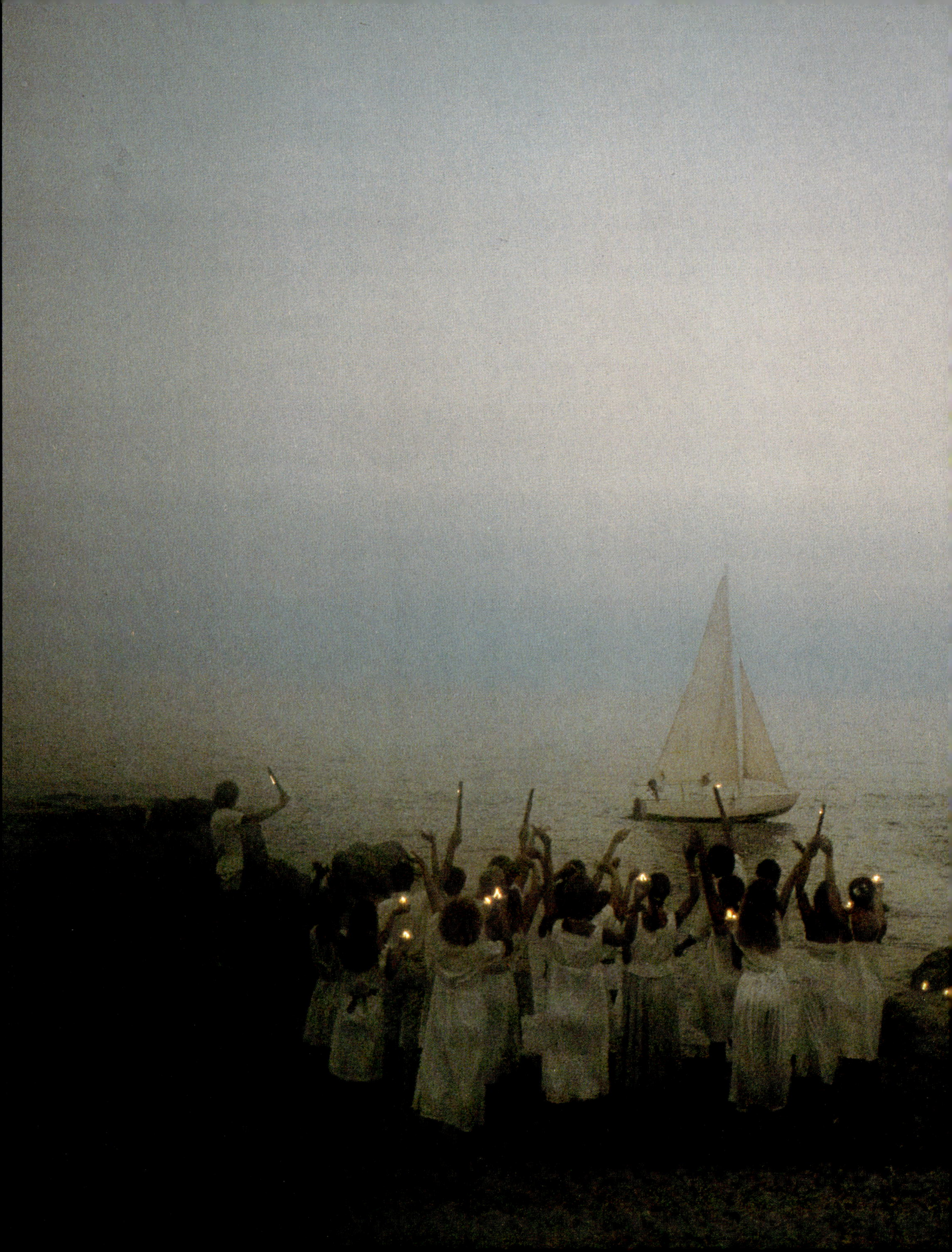

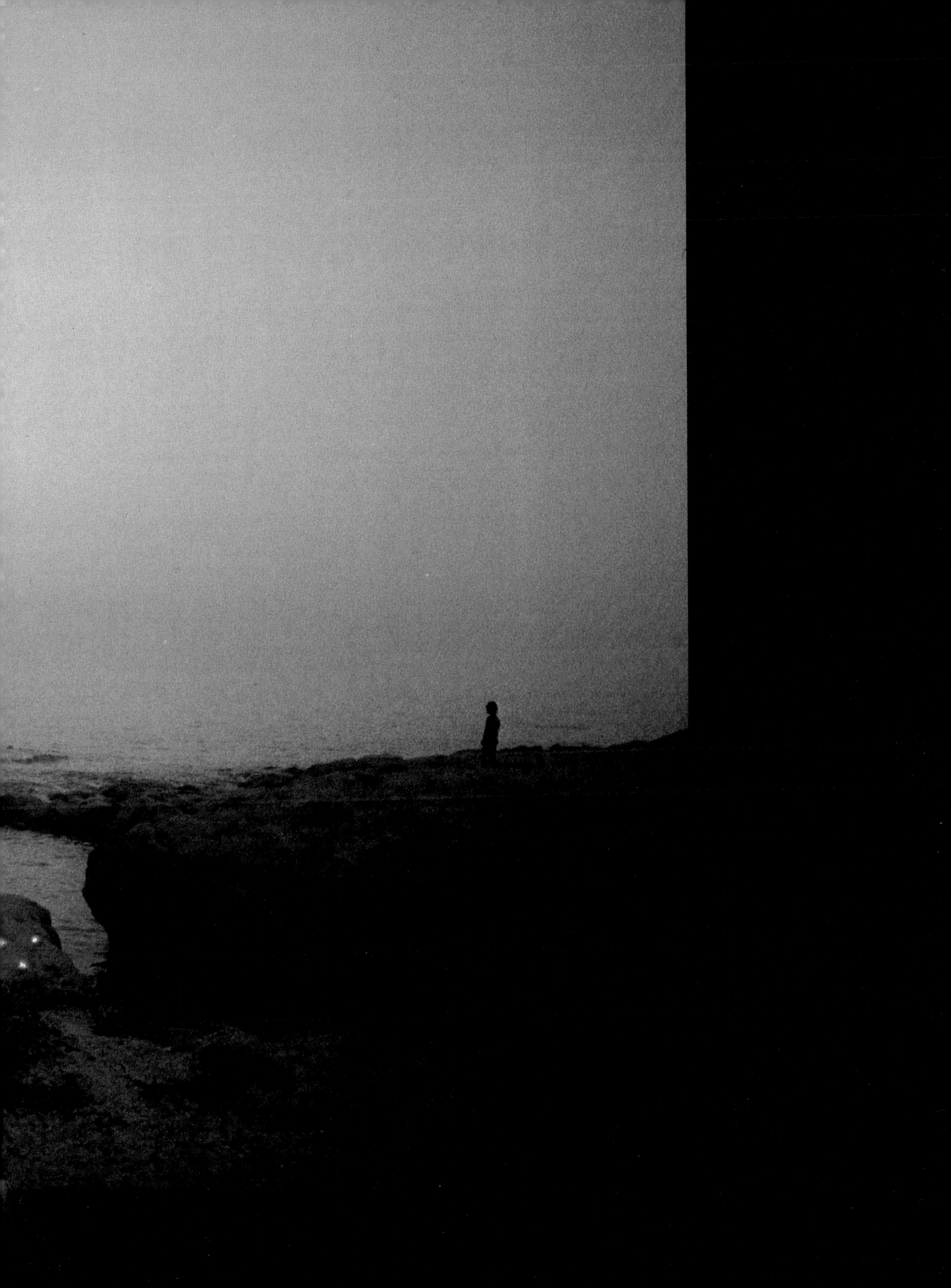

„EIN SOMMER IN SAINT-TROPEZ"
© 1982 SWAN PRODUCTIONS AG, ZUG/SCHWEIZ

DEUTSCHE AUSGABE 1982
SWAN VERLAG GMBH, KEHL/RHEIN
ISBN 3-88230-023-X

ALLE RECHTE DER ÜBERSETZUNG, BEARBEITUNG UND WIEDERGABE
IN IRGENDEINER FORM IM IN- UND AUSLAND VORBEHALTEN.

ÜBERSETZUNG AUS DEM FRANZÖSISCHEN: ELFI GROSS
OFFSET-REPRODUKTION: MEYLE + MÜLLER, PFORZHEIM
DRUCK: J. FINK DRUCKEREI, OSTFILDERN
BUCHBINDEREI: BUSENHART, LAUSANNE

NOVEMBER MCMLXXXII